ソネット集

附 訳詩集

伯井誠司

思潮社

ソネット集
附 訳詩集

伯井誠司

思潮社
2022

目次

ソネット集

訳詩集

序

　本書には自作のソネット 31 篇と訳詩 29 篇、計 60 篇の詩を収録しました。日本語による押韻定型詩の可能性について考え始めたのが 2015 年なので、およそ 7 年間の研究の成果ということになります。7 年間にしては作品の数が少なすぎるようですが、はじめの数年はおもに形式を定めることに費やされたので、実際の制作期間は 3 年くらいと言うべきかもしれません。

　これらの作品がどう受け止められるかについては、著者はいちじるしく自信を欠いています。「国語による押韻定型詩としてのソネット」という、すでに見果てられた古い夢としか見なされていないものが今さら現実の世界に生まれて来ても、誰にも本当のことだと信じてもらえないような気がするからです。あるいは今の日本では、そもそもそれ以前にソネットという形式自体がすでに忘れられてしまっているのかもしれません。

　しかしながら、それでもなお著者はこの小冊の存在にささやかな意義を感じています。何となれば、これは「詩とは何か」というお定まりの問いのためにさらなる思弁を費やそうとする本ではなく、むしろ「詩とは韻文である」という最初の単純な真理に帰って、「言語の最も美しい形を示す」という使命を従順に果たそうとする本だからです。

　私は情念も写実も信じず、ただ韻律のみを信じます。すなわち、詩を詩たらしめるものは作者の情想ではなく、言葉が描く

情景でもなく、韻律であり、形式であると信じます。よって、これらの詩が志向するものはつねに天才よりも趣味、鮮烈よりも洗練であり、ここでは気の利いた比喩の発明や心象の正確な描出よりも、ただありふれた真実を、あるいは深い真実に関するありふれた観想を、美しい言葉で、そして正しい文法で、歌に変えることが優先されました。

　もし本書が誰かの退屈をほんのひとときでも紛らすことができたならば、この上ない光栄です。

2021 年初冬

ソネット集

IN NATURA NATURATA

夜の窓より射し入りて床に溜まれる月影の
すゞしき色も、雨の日に窓をわづかに開くとき
街に匂へる土の香も、木の葉をたゝく雨の音も、
川面に映る街灯も、眠りかねたる暁に

ふと空にある明星の金の光のさやけさも、
ひとり電車を待ちながら見上ぐる雲も、起きしなに
外を見ずともすぐ雪と知るゝ寒さも、夕方の
海も、通路も、ざわめきも、何もわれにはいと親し。

天つみ空をしろしめす神の定めし禁めさへ
われは気安く破らまし──もしわが命尽き果てゝ
やがてこの世にわれを知る人のひとりもなくなれる

ある夕方の月、もしは滴る雨のひと雫、
夕つゞの影、雪の花、夕陽の解くる海原が
この世にわれの在りにしをかすかなりとも偲ばましかば。

水の約束、血の誓ひ

蛍の見えぬ庭を抜け、夜のシーツをすり抜けて、
われらの指は七夕の飾りの揺れる道をすぎ、
硝子の中に点る火の一つ一つに蓋をして、
やがて楽しき嘘ばかり台所へと集めたり。

海辺の夢もお祈りもわれらを宥（なだ）めざりしゆゑ、
観覧車から落ちながら、遠くまばゆき液晶に
日記を書きて、また消して、記憶の中の出口まで
お化けも蟻の一匹（ひとひき）も連れずにわれら歩みたり。

いくつもの川、いくつもの階段、線路、街道が
足の間をさらさらときらめきながら流るれば
鏡の中の太陽はもはや秘密をうち明けず、

われら二人は手のひらに小さき尖（ち）りを感じつゝ
悟りたりけり——花が今まさに枯れつゝあることゝ
水に誓ひしことはみな乾きて消えむといふことゝを。

雨のころ

しめらに雨のふるころは部屋の明かりを消せるまゝ
窓につきたる雨粒を細きまち針にて留めて、
色とりどりのまち針と雨のしづくのきらめきが
互ひに映り合ふさまを眺めき、壁にゐかゝりて。

硝子の外にほの見ゆる世界のうすく霞めれば、
雨傘をさす人々や、電車や、木々のしげみさへ
何かを思ひ出でながら今にみづから消えさうな
影なりき......　たゞ頼りなく、あはく硝子にゝじむ影。

そのとき雨はあぢさゐも、鋼の柵も、長いすも、
あらゆる部屋や病室も、牢屋も、橋もすべて青——
夢のやうなる夕方のかそけき青に染めにけり。

この世に赤や黄の残るところは、されば、ひとつきり——
壁にもたれて座りたるわれのひたひを照らしつゝ
色とりどりのまち針の影に染むその窓にざりける。

悪魔と

悪魔とわれは友なりき。かれは窓から来て、いつも
酒に酔へりき。夜もすがらわれは聞き入りたり、かれが
語る音楽、本、映画、歴史、科学や恋のこと……
いつも驚きたり、かれのあらゆることを知りしかば。

部屋に飽ければいつまでも外を歩けり。駅前の
商店街をゆきめぐり、町を行き交ふ人々が
いかに何をも考へぬむなしき影にすぎぬかを
見て言ひ合へり、「人ならぬたゞの人形、奴らみな……」

われらはやがて高台の休憩所へと行き着きて
まだ灯の残る明け方の町を――すゝけて、色あせて、
いつも冷たく黙したるわれらの町を眺めたり。

悪魔はわれに言ひつ、「見よ！　また同じ日の繰り返し、
昨日と同じ人々が昨日と同じことをする……
いつか何かゞ変はる時、われらはすでに老いぼれたらむ。」

AD STELLAM SOLAM

ひとつの星をわれは知る。小さく、されどきよらなる
その火は夜の公園の草に寝ながら見上ぐれば
そびゆる雲の頂に、夜空の底に沈みたる
銀貨のやうにすゞしげに幸せさうに在りしかな。

まぶたの裏の暗闇にそは宿りたり。時と無く
われはその火を見たり――いとしづけき冬の明け方や
褪せたる夏の壁のそば、人ごみのなか、森の奥、
われをなぐさめたるものはその火のほかにありけめや……

されど誰かは言はざらむ、それもまぼろしなるべしと？
われこそ言はめ……　あゝ、さなり！　なにも徴さぬ星影よ、
われ都会へとうち立たば寝まどへるこの眼から去れ！

世を在るまゝに愛さねば！　笑みと挨拶、手形と手、
すれ違ひゆく人々のひとりひとりを！　あゝ、なぜに
されども遠き夜空にはいつもさやけき、やさしき光……

MORS CULTURÆ POPULARIS

人は死ぬときそれまでに見しことをまた見るといふ。
をさなき日見し海辺から親の顔まで次々と、
走馬灯ともいふやうに、瞼の裏をよぎるらむ。
されども人の然にあらば、もしや時代も同じかも。

この今の世の人々がこのいく年か飽きもせず
少し昔の人々の真似ばかりして来たるのも、
けだし時代が死の床に息づきながらおぼろなる
走馬灯なむすぎゆくを見たる、たゞそれきりのこと……

さらばそのまゝ死にたまへ！　きみやいつまでうちはへて
老いさらぼへる狒々どもを崇め、敬ひ、褒めたゝへ、
かれらに学ぶことばかり思ひて生くる、まめやかに……

明かりを消せば、しのゝめの明け立つ空はいや近し。
夜美しきものはみな朝には褪するものながら、
人はなほ知る、夢よりもなほ美しき朝の月をば……

街の子

夜の街灯、夜の窓、けだし幻なりにけむ、
それらはいつもこの街のふちに浮かびて、その影に
顧みしかば、瀝青の道は果てしもなく長く、
混凝土の壁はみな内気に横を向きたりき。

街の光は時としてたゆらに鈴のごとくなる
かろき音を立つめりしかど、目を閉ぢたればわが耳に
聞こえしものは川波が石の堤を洗ひたる
音と、夜風に揺る木々の葉擦れと、虫の声ばかり。

清き泉にくちすゝぎ、月のさやかに照る丘を
牡鹿の声を聞きながら憧れ歩くごとき世の
ころに生まれず、星に満つ夜空を知らぬわれなれば、

幼き日々の退屈をなぐさめたりし幻は
夜の街灯、夜の窓、蛍光灯の照らす壁……
遠くに光る月よりも電気の灯こそ不思議なりけれ。

ベランダ

人々のみな酒に酔ひ、笑ひ騒ぎてありしかば、
友とわれとはベランダに出でゝ夜風に涼めりき。
駐車場とマンションと線路を眺めやりながら
友は言ひたり、「わが心たゞひたすらにうつろなり。」

遠く線路をがうがうと電車がひとつ過ぎ、友は
暗き眼をして言ひ継げり、「きみには決してわかるまじ、
心の中のことごとくうつろなるこの苦しみは。
きみはつねづね何事か持ちたるごとく言ふゆゑに。」

駐車場をへだてたるマンションの灯は点々と
夜の空気を飾れりき。電車は絶えて、川沿ひの
木々には淡く街灯の緑の影も映ろひぬ。

夜はうつろに見えたりき。夜は何かを隠しけむ。
ふいにさびしき苛立ちを覚えたれども、言はずして
われらは内に戻りたり――誰か部屋より呼びたりしゆゑ。

映画の帰り

男はいつも恋人に優しけれども夜更けには
人を殺してまはりたり。女はかれを疑はず
愛したれども、警察ぞ男が罪を見出だせば
しつこくかれを追ひつめて屋根の上にて撃ち殺す。

さる筋書きの映画をば退屈気味に見しわれは
客の少なき劇場を出でたり。外は肌寒く、
すでに黄昏どきなりき。寂しき路地を抜けたれば、
表通りにかゝりたる歩道橋をぞ昇りつる。

歩道橋をば渡りつゝふと何となく横を見き──
見渡すかぎり一面に自動車の灯ぞ光れりし。
数限りなくきらきらと地平線からこぼれ出で、

流らふるその自動車の一つ一つの影すべて
人を乗せたるといふこと、その人もまたおのがごと
心を持つといふことを思ひてわれは戸惑ひしかも……

眠りの季節

海はあたかもくろがねの板のごとくに平らかに
延びて、放たれたるまゝの窓には風が通ひたる。
月の光はさらさらとコップの中の水に降り、
苦き粉薬のやうにものがなしげにうち匂ふ。

みな眠りたり。ある人はひとり机に寄りかゝり、
またある人はいとしげにいとけなき子を抱きつゝ、
思ひ思ひの姿にて、土間に、広間に、浴室に、
寝乱れたれば、いくつかの顔には笑みぞ浮かぶめる。

夢の中にてけだしくも神はかれらに優しくて
天使の顔とけだものゝ力と使徒の義をすべて
かれらに授くらむ。いかに惜しからん、もし目覚めなば。

死は寒きものならめども、眠りは涼し......　さゞ波は
定められたる歌をたゞ闇の中にていつまでも
打ち返しつゝ待つ——いつか夜明けを告げて鳴る鐘の音を。

朝の来る感覚

見よ、空はまだ暗けれど、影はふくらみ、うつぶせに
寝息を立つる人々のまはりに塵がうごく。見よ、
窓をわづかに開けて、その隙よりのぞく路地裏に
淀める風が潮のごと彼方へ流れ出づるのを。

貯水タンクの上の月、茂みの陰の水たまり、
アンテナ、広場、銀杏の木、地平を長くおほふ雲、
すべてはすでに覚めたれど、まだうつろなるひといきに
ひそまれば、そのしづけさをこはさぬまゝにしらしらと

夜_{よる}は明け初_そむ。通りから昨日の影が薄るれば、
遠くの窓の中にふと食器の触るゝおとなひが
聞こえ、木陰の墓場へとつゞく小道も明るみて、

今までのこと——見たるもの、思ひたることなどすべて
不思議にあはくなり、すべてかなしきまでに新しく、
また朝の来る感覚とゝもにまぶしき光が割るゝ。

学校の屋上の手すりのうへを歩きしこと

遠き昔のある明かき春のをはりの日にわれは
ふと学校の屋上の手すりのうへを歩きたり。
風はすゞしく青空は天国のごと遠さうな
いとおだやかにうらゝかに晴れたる春の午後なりき。

その日はなどか先生も用事のために去りしかば
する事もなく屋上に取り残されし退屈に
おそらくわれは狂ひけむ——うまく手すりを渡りてば
日頃の胸の憂ひさへもしや消えむと思ひたり。

すゞしき風と青き空——運動場の歓声を
遠く後ろに聞きながらわれは真白き死のふちを
歩みたりけり、真剣に腕を広げて一歩づゝ……

月桂の葉の冠も黄金（こがね）の盾も何もなく
をはりたれどもわが胸は満たされたりき——かく澄みて
うらゝかなりし春の日のちひさき賭けに勝ちたりしゆゑ！

夜の雨宿り

雨は夜中に降り出でゝ、あるなつかしき公園を
散歩したりしわれのとく池のほとりの東屋に
宿りせしかば、街灯も、池も、遠くの木々さへも
見る見る白く霞みゆき、つひに嵐となりにけり。

やがてはげしき雨音は音楽になり、雨だれも
内と外とをへだてたる白き幕へと変はりたり。
などやなりけむ、長椅子に座りもせずにいつまでも
夜の嵐のしづけさを眺めてわれは待ちたりき。

さりけるにふと長椅子の下からかろき音ぞして、
白と黒なる猫二匹飛び出でたれば、ためらはで、
じゃれ合ひながら、跳ねながら、雨の中へと駆け去りつ……

いつしかそこは音楽もはためく幕の影もなく
たゞつまらなく雨のふる朝の景色となりしかば、
たうたうわれもひとりその雨の中へと駆け出でしかな。

明かき部屋

わが心にはその昔ひとつの部屋ぞありにける。
いかなる友も恋人もかつて入り得ぬ部屋なれば、
たゞひとりきり、詩も読まず、すべき用事も客も無く、
うつろなる時のみにこそ、われその部屋を訪ねしか。

部屋は時なく明かゝりき。木の床に日はこぼれつゝ、
隅の日陰のあたりには古き小棚もありしかば、
いと大きなる窓からは空と森とぞ覗きぬる──
白く透きたる窓かけもやさしき風に揺りしかな。

誰かのそこへ来ることを、われを迎へに誰かふと
扉をたゝくその時をいつもひそかに待ちしかど、
いつにありけむ──その部屋をいつしかわれは失へり。

されども今もひとりきりしづかにものを思ふとき
しばしばふいにあの部屋の明かき窓辺が思はれて、
あたかもわれは在らざりしものをこそなほ恋ふるやうなれ。

FINIS EXPETENDUS

赤や緑の電飾が通りの木々を彩りて
旗や幟や垂れ幕を照らし、あたりに立ち並ぶ
露店の隙を行きかよふ人の心はみな浮かれ、
港に留まる客船の窓に点れる灯は明かく、

恋人たちは凭れあひ、子は小遣ひを与へられ、
年寄りたちは過ぎし日の話に耽り、美しく
幸せさうな人々が音楽のなかうちとけて
何か楽しき祝祭の街を縁まで満たす夜、

そのざわめきも煌めきも届かぬ暗き窓のした、
乾ける皿や、紙くづや、写真や、空の鳥かごが
飾るさびしき部屋につとあふむけに寝て天井を

うち眺めつゝ、青ざめて、痩せこけて、たゞ眼の中の
光はしるく、誰からも忘れられたるまゝ、独り
すべてのわけを知りながら何も言はずにわれは死にたし。

氷

日のさす白き寝台に母はしづかに寝てをりぬ。
そのかたはらにわれはゐて、時をり空を見やれりき。
いつしか夏も過ぎかけて……　覚めたる母はゆくりなく
「氷が欲し」と、われを見て細き声にて頼みたり。

冷凍庫からひとかけの氷をとりて、渇きたる
母の口へと入れたれば、いとも弱げに、くるしげに、
その氷にてからくしてまたゝくやうに食べて、かつ
「も一つ欲し」と言ひつ。またわれは冷凍庫を開けき。

そのひと夏はわが母が最後の日々にありしかば、
もはや久しくかの女から心を離せりしわれは
かの女のつひに死ぬ前にかの女をゆるすべかりしも……

明るく白き寝台に氷をふたつ食べしあと
かの女はふいに復ちかへり、少女のやうにほゝ笑みて
「お前は優し」と言へり。そはまことのことにこそ聞こえけれ。

むかしばなしを読みながら

只野真葛の記してしむかしばなしを読みながら
思へり、かつてこの国がいかに霊異や迷信に
満ちたりしかを。竜燈や、狐の化くる人形や、
笛吹けば来る化物に世のにぎはひてありけるに、

冬の夜更けの雪道を、おぼろに霞む月の下、
細横丁の化け猫を退治するため、たゞ独り
腰に刀を帯びながら行きける話など聞けば、
すべては人とまぼろしの遊びのやうに聞こえたり。

いま妖怪を信ずるは狂人ばかり。真夜中の
廊下をひとり進む子のいかにお化けに怯ゆれど
何も出で来ぬ。稲荷さへ祟りをやめて鎮まりぬ。

月読も死に、月はたゞつめたき石として光る。
誰とわれらは遊ばまし、光くまなき地のうへ、
むかしのまゝに美しく、されどさびしきこの世界にて。

ET SOMNIA EXTOLLUNT IMPRUDENTES

などかは夢の叶はざる。若者はすぐ年をとり、
恋人たちは笑ひやみ、心の聡（さと）き子供らは
この世に何も不思議なることの起こらぬことを知り、
大人の嘘を見破りて、やがて無口になる。されば

何も信ぜぬことこそがおのれを救ふ知恵となり、
人より早くあきらむる者こそすゑは栄（さか）ゆるか。
善く美しきものはみな夢やまぼろし、嘘、まがひ、
暗く醜きものこそが真（まこと）を映す鏡とや。

されども嘘と知りながら、この嘘こそが世の中を
住みやすくして、人々の仲をやはらげ、争ひの
炎を鎮め、幸せをはぐゝむとみな思ふらむ、

人はいよいよ世の中を嘘にて満たす。叶はざる
夢と知りつゝこの夢を見ざるは豚と言ひ立てゝ、
信ぜぬ者の見る夢が正しき夢とこそ定めけれ。

宵の海を眺めしこと

ホテルをやをら抜け出でゝみれば海辺の夕方の
町の空気はほの青く、ぬるき雨上がりの風に
とほくまたゝく信号の影も過ぎゆく自動車も
みな何と無く眠たげにものさびしげに見えたりき。

水の光を宿したる町を渡りて浜辺へと
いざ下(お)りたれば潮騒をされどさえぎるかのやうに
名前も知らぬ四五人の少女らが来て、傘などを
振り回しつゝかしましき声にてはしゃぎはじめたり。

きよき夕べは汚されぬ！　いまや夕陽は入り果てゝ、
たそがれ時のほの暗き波打ち際を果たてまで
さまよひし後、われはふとひとつの岩に腰かけつ。

眺むるまゝに色褪する海は沖のみほの赤く、
その赤さへも失せしとき、灯の点りゆく岸辺から
夜は来りてわれにいま夏終はれりと知らせたるかな。

DE IMITATIONE CRATI

二千余年を歩みきて、われらはいまだけものなり。
飢ゑを逃るゝためならば人の心をうち捨てゝ
弱きを叩き、嘘を吐き、家族を騙し、友を売り、
おもてばかりはのめのめと賢人をこそよそひたれ。

いかに汚き、われらみな……　人のため、また世のために
働くこそは何よりもつまらぬ役務なるべけれ。
いかなる恥を忍ぶれどもはや褒美もかひも無し、
演ずる人も見る人もすでに飽きたる芝居ゆゑ。

されどもかくし言ひたるはわれがはじめにあらめやも……
げにげに、かゝるうはごとは暦に先立つ昔にも
広場のすみにつどひたる学生たちぞ言ひてけむ。

われらが罪は、さりければ、けものたることにはあらず。
われらが罪はゝじめからおのが悪をば知りながら
人が悪にはことさらにおどろくふりをしたることかな。

われらの信ぜしこと

夜明けの非常階段を手に手をとりて駆け上がり、
夏の庭へと落ちて、また上り、撃たれて落ちて、また
上り、落ち、ふと夕方の丘を忘れて、花束に
落ちてつぶして、叱られて、菓子も金魚も乾ければ、

手に手をとりて改めて上り、斬りつけられて死に、
甦り、死に、なきがらに朝日の影はさしながら
また甦り、白地図に煎茶をこぼし、傘を振り、
犬を憐れみ、地下鉄の窓より空を見しわれら、

かつて誰かはわれらほど多くの嘘を信じたる。
季節の一つ変はるたび窓に手紙は積もりつゝ、
われらは常にかりそめの明るさをこそ慕ひけれ。

など幸せと思ひけむ──東の海を指さして、
光を食べて、けがをして、庭に生えたる黐の木を
神にさゝげて眠りたるわれらを置きてみな帰りしも。

東の窓

きみは東の窓を開け、煙草を吸ひて帰りてき。
窓には夜の町が見え、町のうへには銀色の
月が昇りてわが部屋は月の光にひたされき、
あたかも空の鳥かごや空の獣の檻のごと……

われは眠られなくなりぬ。本を一冊書棚より
取りて読むうち夜は更けて、やがて空には金色の
さやけき星の影ひとつ──しんと静まりたる夜に
われと同じく醒めてゐてわれよりもなほ清きもの。

われらはいつも何ごとか言ふべきことのありさうな
顔して、同じ階段をあやなきことに急きながら
きみが上ればわれは下り、われが戻ればきみは行く……

遠き地平のかなたから小鳥の歌ふより早く
せつなあらゆる建物や木々を黄金にふちどりて
出でし朝日の消したるは窓辺にすわりたりし面影。

NON EST PATER NATALIS

その冬、いとけなきわれは口をつぐめり、父母が
「このクリスマスには何を願ふ」といくら問へれども。
それは試みなりき――もしかれらに何も言はざらば
聖なる朝の枕辺がいかならんかを見るための。

朝に夕べに父母は問ひ返せれど、われはたゞ
不機嫌さうに黙りたり。やがて町にはとりどりの
飾りが掛かり、わが家にもプラスティックのモミの木が
光りて、鳥の脚のよく焼かれたるのを食ひしあと、

われは気づけり、明日こそがその日と。さればあらためて
われはひそかに祈りたり、夜更けのぬくき寝床にて、
「あの形なきものをいざわれに授けよ、惜しみなく……」

目を覚ましたるわれがふと枕のそばに置かれたる
包みを見つけ、開けたれば、箱の中身はたゞ小さき
硝子細工の獅子や猫、鼠、白鳥、虎などなりき。

ADVERSUS MANICHÆANOS

光は成れり。さりけれど光のうちのいくらかは
すでに暗めり──すでにそは影となりけり。そにとりて
何かを知るといふことは暗くなりゆくことなれば
下へ下へと行きてけり──底へ、文<ruby>無<rt>あや</rt></ruby>き暗闇へ。

光はかろきものなれど影は重さを持たざれば
光の触るゝものはみな影より少し重かりて
いつしか空の只中に集まりにけり。影はまだ
おのれのことを知らざりき、夢と現のあひにゐて。

そのときふいに天球は傾けられて在りと在る
ものみなすべて大いなるたそがれの陽にひたされぬ。
光は海に腰かけて世界を思ひ出でたりき。

エンペドクレス、マルキオン、<ruby>鄒衍<rt>すうえん</rt></ruby>はみな誤れり。
海の果たてに腰かけて世界を思ひ出でしもの、
それは天使にあらざれば鬼にもあらず──それは人かも。

大雪の朝の墓参り

かの女はかつてわが母の友なりしかば、ある二月
われらはともにわが母が墓を参りに行きしかど
駅より外に出でたれば一面の雪……　ことごとく
広場は白に覆はれて、たゞ空ばかり深き青。

バスの停留所も雪につぶされたりき。仕方なく
花屋のひとに道すぢを訊ねてわれら雪道を
歩みたれども、墓地のある丘もぞ雪は埋めにける……
管理の人は言ひ留めつ、「上に参るはむつかし」と。

母のやさしき友なりしかの女もつひにあきらめて
そこに残れり。さりけれど花を捨つるも惜しきゆゑ、
われこそひとりうづたかき雪かきわけて登りしか……

やうやく墓に行き着きてつめたき花を置きたれば、
つかれてわれは倒れたり。人影もなきしづけさに
見渡すかぎりきらきらと冬の光がまぶしくありし。

37

天使の血

天使がふたりありにける。祭りの夜の川べりに
人にまぎれてありにける。「何をか思ふ、これを見て？」
男天使が訊ねける、「人数はかくおびたゝし。
などてかれらはかく多き？　かゝる祭りは何のため？」

女天使は応へずにたゞ人波を見たりけり。
男天使はつゞけゝり、「これらの人にいかにして
神の御旨を伝へまし。誰もが猿の子のやうに
たは言ばかり喋るめる……　君が思ひを述べたまへ。」

けだし肩ぞや当たりけむ、そのときひとり酔漢が
男天使のもとへ来てさがなく言ひがゝりければ、
組み合ひとなり、その天使、首をば折られてけるとぞ。

女天使はその後、世をしばし忍びて在りけれど、
いつしか人のやうになり、仕事につきて、さりげなく
人の男にとつぎけり。されば天使の血は絶えにけむ。

AD LUNAM EXANIMEM

月よ、やさしき無機物よ、汝^{なれ}や覚ゆる、あの夜を、
闇の絵巻に書かれたる心を得んとひとりきり
水筒さへも持たぬま丶人里遠き山奥の
闇路に入^いりて汝^なが影をたよりにわれのさまよひし、

もしは流星群の降る夜空を一目見しがなと
祖母の鍵にて屋上^{はひ}へ入り、ひさしをよぢのぼり、
アンテナの立つかたへにてひざを抱へていつまでも
星の流れぬ暗闇に汝^{なれ}の浮かぶを眺めるし。

われは育てれども、汝はつねに変はらぬ――手にむすぶ
水に宿れる汝^なが影のごとくこの身は消え失せん、
命を持たぬ汝^{なれ}をその常夜の闇にうち捨て丶。

月よ、魂なきものよ、われは消えめど、またやがて
他の誰かゞわれのごと汝に呼びかくべき、よもや
月にも心ありてこの声を聞かん……　と考へながら。

DE PRETIO HUMANO

この世に人の溢るれば、人の値や軽むらむ。
高き塔から見渡せば誰もが小さき点なりて、
ひとつの点を潰しても何も変はらぬやうに見ゆ。
ふたつを潰すとも同じ――地平線まで人の群れ。

もとより値なるものは珍しきものほど上がる――
珍しきものなればこそ金は砂より高からめ。
さて、人よりもありふるゝものやこの世に何かある。
人ひとりより一匹の雷鳥をこそ尊まめ。

然言ひて塔を下りつるに、われはおどろきたり――人は
やむごとなきもいやしきもずるばかりするものなれば、
忠実なる者は金よりも世に足らぬものなりけるよ。

あゝ、さればこそわれは知れ、善き心こそめづらしと！
人数いかに増せどこのひとつのことは変はるまじ――
心正しき農民の値は悪しき王より重し。

消えぬ幸福

わが夢はみなこはれたり。昔の友はひとりづゝ
われを離れつ。かつてわが宝なりにしものはいま
いづこか遠きところにて下水に漬ちて腐るらむ。
さぞ易からん、われのごと負けたる者を嘲るは。

かつて犯しゝあやまちを悔ゆれば悔いはかぎりなく、
われは再び思ひ出づ、在りし日いかに人々が
きずひとつなき姿にて生きたりしかを、すべてとく
過ぎしことにて何もかもすでに遅しと知りながら。

されどもわれは疑はず──いかなるゆゑかこそ知らね、
わが心にはいつまでも消えぬ幸福こそあらめ。
そはうつろへど鳴りやまぬ音楽のごとつづくべし。

そはさしながら廃園に射し入る冬の陽のやうに、
望みも持たず夢もなく寒き心のかたすみを
なつかしげなる光にて照らしゆくべし、たゞうらうらと……

冬の入り

冬がまた来る......　この冬は雪や積もらん。われは火の
暗き匂ひに身を寄せてむなしきことを思ひゐる。
さゝめきごとのひとつさへ聞こえぬ町はいつしかと
暮れて影絵のやうになり、かなたの空は錆びて見ゆ。

確かあの冬、はじめての聖書を買ひに行きし日も
初雪なりき。われはふと誰かの靴が雪を踏む
音に目覚めて、流し場の窓から雪の降る町を
見て、「あゝ、かゝる雪の日に何をせまし」と考へつ。

その聖書こそ残れども、雪に輝く町は消え、
あの部屋も消え、また別の冬をあらたに雪が埋め、
その雪の降る故郷に居りし日もとく過ぎにけり。

消えゆくものゝことばかりいつも思へり。美しき
ものはゝかなきものばかり、過ぎ去りし日の面影は
いつも今よりあたゝかし──然思ふわろき癖なむあれば。

PRO MEA FRAGILITATE SUPPLICO

神よ、われらを見そなはせ、われらが人の目を盗み
影に隠れてすることを。われらの舌の根にまつふ
呪ひを、神よ、聞こしめせ。心の裏の暗がりに
ひそむわれらの罪科をみな知ろしめせ、残りなく。

われらが無知を装ひつゝ穢しゝものを、あさましき
欲を遂げんとして為しゝ悪を、おのれをよく見する
ために巧みしまやかしを、朝夕あがめ敬ひし
偶像どもの数々を、誰か神からえ隠さむ。

神よ、われらは疲れたり、おのが弱さに。さりければ
この弱さから祈るべく、汝の深き御心が
罪と悪とに溺ほるゝわれらのかゝる様よりも

おのが慈悲へと向くやうに、今、身を清め、かしこくも
われは汝が十字架の御稜威ゆゝしき御前にて
ひざまづきます。願はくは、神よ、われらを憐みたまへ。

訳詩集

端書

　ここには海外の著名な詩人たちによる作品の拙訳を、現代から古代へと遡るような順序で並べました。処女詩集に訳詩を附することはあまり一般的ではないのかもしれませんが、それでもあえてこうして収録したのは、新しい日本の詩の形を提案するためには新しい翻訳の形も同時に提案することが不可欠だと考えられたからです。

　「人は第一印象で決まる」などと俗に言います。初対面の時に受けた印象は無批判のまますぐに定着してしまい、たとえその後そこに誤解が含まれていたと判明しても、修正されずに残り続けてしまうというような意味です。

　しかし私にはそれと同じような現象が日本文学にも起きてしまっているように感じられるのです。つまり日本では、明治や大正、昭和初期当時の人々が、ギリシャやローマの古典文学からつづく伝統を体系的に把握しないままいきなり象徴主義や退廃主義、ダダイスムなどの前衛作品から読み始めてしまったせいで、かれらがそこで「なるほど、そうか、これが西洋の詩というものなのか」と受けた印象がそのまま無批判に「詩とは何か」という根本の定義そのものの中に組み込まれて定着してしまったのではないかということ、さらには、西洋の詩がもとの韻文ではなく無韻の自由詩に訳された状態で国内に広まった結果、いつしかその訳文の与える印象の方が参照点として権威化

されてしまったのではないかと疑われるということです。

　そこでここでは、「文語の韻文」として書かれた諸外国の作品を、そのまま「文語の韻文」として国語に訳しました。紙幅の都合もあって短い作品ばかりをつまみ食いするような形になってはしまいましたが、一応、古代ローマから大戦前夜まで、なるべく広い範囲の時代から例を取るように努めました。（抒情詩の古典としては本来ならばサッポーとピンダロスもあってしかるべきなのですが、著者がギリシャ語の原文を読めないために未収録となっています。どうぞ悪しからず。）また西洋の詩のみならず、日本の古典文学に影響を与えた中国文学の古典からも、杜甫と白楽天の二名を収録しました。漢詩は今まで慣例的に漢文として読み下されてきましたが、ここではあえて和語を用いた韻文に訳しています。和歌ではない「文語の韻文としての詩」は日本語の中にもともと備わっていた可能性なのではないかということについて、何かしら考えを深める種を提供することができれば幸いです。

　巻末には簡単な注釈を附しましたが、多くはそれぞれの底本の解説に依っています。翻訳や注釈において底本以外に参考にしたものは「参考文献」として別にまとめました。ご興味を持たれた方はぜひ原書をお求めください。

キャサリン・マンスフィールド

寂しさ

さて今宵わが枕辺<ruby>枕辺<rt>まくらべ</rt></ruby>にひと〻きともに起きゐんと
眠りに代はり来べきもの、それは寂しさなりにけり。
われは疲<ruby>疲<rt>た</rt></ruby>りたる子のやうに伏して足音<ruby>足音<rt>あおと</rt></ruby>の来るを待ち、
かの女が息を吹きかけてともしび消すを眺むるよ。
かの女はいとも物憂げに、敢へて右にも左にも
首を向けずに、寝台の横に座りて俯けり。
かの女も老いぬ——かの女もぞあの戦ひを戦ひし。
さればかの女は御頭<ruby>御頭<rt>おつむり</rt></ruby>に月桂冠<ruby>冠<rt>かづ</rt></ruby>を被くかも。

ゆるらかに退く入潮は悲しき夜の闇を抜け、
侘しき岸に砕くらむ、満たされもせぬ心にて。
奇<ruby>奇<rt>あや</rt></ruby>しき風もひとつ吹く......　また静まりぬ。さりければ
われ寂しさに向き合ひて、かの女の手をば取りながら、
かの女に縋り、いつまでもかの女と共に待たんかな、
けうとき雨の単調が何もなきこの土地に満つまで。

海の子

母よ、かゝる世界へときみはかの女を出だしたり——
かの女が身をば泡沫と珊瑚をもちてこしらへて、
かの女が髪のあたゝかき朧に波をくしけづり、
かの女のことを故郷から追ひ出だしたり、世の中へ。

かの女は夜の闇のなか這ふ這ふ町に辿りつき、
とある民家の軒先に身を横たへて休みたり。
泡の衣に身を包む小さく青き娘なり。

たったひとりの乙女子も、たったひとりの男子も、
かの女の声を聞きとらず、叫びに耳を貸さゞりき。
夜空たかくに見えたりし小さやかなる月のごと
かの女の顔はおぼろなる髪のあひだに輝けり。

かの女は泡を売り払ひ、また珊瑚をも手放せり。
かの女の心、うた歌ふ貝殻のごと虹色の
心は割れぬ。這ふやうにかの女は郷に帰りたり。

思ひ鎮めよ、海の子よ。娘よ、戻れ、世間へと。
娘よ、闇に覆はるゝ陸へふたゝび帰り行け。
ひとへにこゝにあるものは悲しき海の塩水と
さらさらと降る砂ばかりゆゑ。

アンナ・ド・ノアイユ

自然への捧げもの

自然よ、深き心にてみ空を支へたるものよ、
われほど熱く万物の甘美さ、昼の日の光、
水のきらめき、生命を生み育てたるこの土を
愛する者はこの世には現れざらん——永遠に。

わが眼には森、池の水、豊かに実る平原は
人のまなざしよりもなほ親しきものに映りたり。
かく美しき世界へとわれは凭れかゝりながら
四季の香りを手の中にうつろふまゝに摑みたり。

誇りと無垢にあふれたる額の上にわれの日の
光をいつも王冠のごとく被きて運べれば、
わが戯れは穫り入れの秋の仕事に敵ふもの、
恋の涙を流すとき——そは汝が夏の腕のなか。

はぢらひもなく怖ぢもせず汝がもとに斯くわれは来つ、
善きも悪しきもみな汝に委ぬるごとき心にて、
誰にも決して馴らされず、獣のごとく謀りごつ
汝が魂を喜びや知恵としてみな受けとめて。

あたかも蜂の訪ね来る一輪の野の花のごと
咲きこぼれたるわが生は歌と匂ひを振り撒きて、
暁起きのわが胸はまるでひとつの籠のごと
木蔦や撓む木の枝を運べり——捧げ物として。

木々の映ろふ湖の水面のごとく従順に
われは知りたり、美しき焦がれと清き考へを
人の心の中にまた獣の胸のその中に
呼び起こすもの——汝が宵のなかに燃えたる欲望を。

自然よ、われは汝をこの腕に生きたるまゝに抱く。
あゝ！　されどわが眼にもまたいつかは影が満ち満ちて
われも行きなむ——風もなく萌ゆる緑の樹々もなく
光もさゝず愛さへも決して訪ねぬあの国へ……

アルチュール・ランボー

冬の夢

＊＊＊といふ女へ

冬には小さきばら色の汽車へと共に乗り込まん、
　　青き座席のある汽車へ。
快からん、やはらかき席の角には狂ひたる
　　くちづけの棲む巣こそあれ。

おそらくきみは窓辺にて目をつぶりてむ——たそがれの
　　しかめ面する影法師、
魑魅魍魎のたぐひ、あの黒き悪魔と狼の
　　下衆どもをゆめ見ぬやうに。

それからきみは頬をつと掻かれたるのを感じてむ……
　　小さきくちづけ、狂ひたる蜘蛛のやうなるくちづけの
きみのうなじを駆けまはる……

　　なゝめに首を傾げつゝきみは言ひてむ、「探してよ！」
　　それからわれらさまよへるその虫けらを見つけんと
探すに時をつひやさん……

オスカー・ワイルド

Requiescat

ひそやかに歩め、かの女が近くこの
　　雪の下にて眠りたる。
おだやかに話せ、かの女はひな菊の
　　生ふる音さへ聞き得なむ。

金色の明かきかの女の髪はみな
　　錆にてひどく汚れたり。
美しく若かりしあの乙女子は
　　ことごと塵に帰りたり。

百合に似て、み雪のやうに色白の
　　かの女は何も知らざりき――
みづからの女たるとも知らぬほど
　　やさしく育ちにしゆゑに。

いまこゝにかの女の胸を押さへたる
　　棺の重き石のふた。
われはわが心をのみぞ悩まさむ、
　　かの女の斯くし眠れゝば。

静かなれ、もはやかの女はえ聞くまじ
　　竪琴の音も歌くづも。
すべてわが命はこゝに埋もれたり、
　　いまは土をばそに掛けよ。

ヴィクトル・ユゴー

をさなき日

子は歌へりき。母親はそばの寝床に横たはり
呻きたりけり、美しき額は影に傾げつゝ。
かの女の真上、死は高く雲居の中に迷へりき。
われはかの女の喘ぐにも、子の歌ふにも聞き入りつ。

その子はほんの五つにて、窓の近くにありしかば
その子の遊ぶ物音や笑ひは明（あ）かく響きたり。
母はさまでに愛ほしき子のかたはらにゐて日がな
歌ふ声をば聞きしのち、夜すがらひとり咳（しはぶ）けり。

修道院の墓石の下へかの女は入りたり。
小（ち）さきその子はやがてまたいつもの歌を歌ひしも……
人の憂ひは果実なり。かゝる果実を神はあに
その重たさに耐へられぬか弱き枝に実らさめかも。

明日のしのゝめ......

明日のしのゝめ、すこしづゝ野の白みゆくそのころに
われは発ちてむ。汝がわれを待ちたることをわれは知る。
われは林を通り過ぎ、それから山を通り過ぎ、
行かんと思ふ。これ以上、汝を離れては暮らされぬ。

われはたゞわがまなざしをおのが思ひにのみ向けて、
ほかのものには目もくれず、いかなる音も聞き入れず、
たゞひとりきり、人知れず、両の手を組み、背を曲げて、
夜のやうなる日の中をうら悲しげに歩みなむ。

夕さりぬとも、大空を染むる夕日の金色や
アルフルールの港へとはるかに降る帆影さへ
われは眺めじ。たゞわれはつひにそなたへ至りてば
エリカの花と柊の枝を手向けん――汝が墓へ。

ジャコモ・レオパルディ

無窮

いつも親しきものなりき、われに——寂しきこの丘と、
水平線のあらかたを沖まですべて隠したる
あの石垣は。されど斯く座りて見れば、あの先に
果てなくつゞく空間と、人知を超ゆる静けさと、
深きしゞまぞ思はれて、心はいつか怯ゆめり。
木の間に風のさらめくを聞けるやいなや、はやわれは
その音をあの果てしなきしゞまに思ひなずらへて、
永遠のこと、過ぎ去りし日々のこと、また今こゝに
生きたるものと、この今日のいかにおとなふかを思ふ。
されば心は計りなきその広ごりに溺ほれて、
かゝる海へと沈みゆくことはわれには甘美なりけり。

おのれに

　今こそ汝も永遠に
眠りぬべけれ、疲れたるわが胸よ。あの究極の
幻、永久につゞかんと信じてしあの幻想は
消えたり。すべて消え果てぬ。
親しみたりしあの嘘にかけたる望みのみならず、
それを求むる思ひさへ
今やことごと尽きたれば、永久に休らへ。汝のとく
打ち足りたれば、もはやその鼓動に値するものは
何も無し。地はため息を
つくことにさへ値せぬ。生きゆくことのたゞ苦く
退屈なれば、世界とは
塵芥なり。今こそは思ひしづめよ。今一度、
これが限りと暗れ惑へ。天がわれらに与へしは
死、それぞばかり。人知れず
この世を統ぶる暴力よ、世の果てしなき虚しさよ、
自然よ、今しおのれを疎め。

ジョン・キーツ

など死の眠りたり得めや……

I
など死の眠りたり得めや、生くることこそ夢なりて
　いかに楽しき時もみな影と過ぎ去るものなれば。
徒なる遊び何もかも夢まぼろしのごと見えて、
　なほもわれらはかくまでに死を禍ひと思ふかな。

II
いかに異しきことならむ、人のこの世に迷ひつゝ
　頼めぬ日々を送るとも誰とて己が懸け道を
ゆめ捨つることなかれとは。異しき、誰もあへて見ぬ
　後の定めを──それがたゞ目覚むることに過ぎぬとも。

こゝろなきをみな

I

青ざめてひとり猶予ひたる騎士よ、
　何かお前を苦しむる。
湖のまはりのスゲは枯れ果てゝ、
　小鳥もゝはや囀らぬ。

II

あゝ騎士よ、かくもみつれて、面痩せて、
　何かお前を苦しむる。
栗鼠どもの倉も木の実を蓄へて、
　刈り入れ時はとく過ぎぬ。

III

汗に濡れ、憂へに火照る百合ひとつ
　お前が額にかゝるめり、
また頬のうへには薔薇も色褪せて
　眺むるまゝに萎えゆけり。

IV

美しき女と野にて行き逢へり、
　そは妖精の子なりけり。

その髪は長く、歩みはかろく、その
　　眼はあらけなく光れりき。

V

かの女にと花かんむりや花おびや
　　腕かざりなど作りたり。
われを見るうちにかの女は恋に落ち、
　　甘きうめきを漏らしたり。

VI

わが騎馬にかの女を乗せて行きしかば
　　見えたるものはひとつきり、
かたはらに寄りてひねもす妖精の
　　歌くちずさむかの女のみ。

VII

われにとて甘き薬味の根と、蜜と、
　　甘露を見つけ来たるあと、
口つきも奇しくかの女は言ひてけり、
　　「きみをぞまこと愛する」と。

VIII

妖精の室へとわれを引き入れし

かの女は泣きて息づきつ。
われはその荒き瞳を閉ぢなんと
　まぶたに四度くちづけつ。

IX

優しげにかの女はわれを寝つかせて、
　われは夢みき──あなゆゝし！
この寒き丘のうへにて見られたる
　それは最後の夢なりき。

X

われは見き、死人のごとく青白き
　王と、王子と兵士たち……
口々にみな叫びたり、「こゝろなき
　をみな、汝を惑はせり！」

XI

窶れたるかれらが口の宵闇に
　悍く、大きく開けるに、
われはふと目覚めてこゝにありにけり、
　ひとり寒けきこの丘に。

62

XII

さりければ、かく青ざめてひとりきり
　　われこの丘に迷ふかも、
湖のまはりのスゲは枯れ果てゝ、
　　鳥の歌さへ聞こえねど。

アンドレ・シェニエ

悲歌　25番

人は誰しも苦しめり。されど互ひの眼の中に
映ずるものは惨めさを隠す涼しき額のみ。
みな己のみあはれがる。おのが憂へを忍びつゝ
同じ憂へを忍びたる隣の人をいや妬む。
されどもほかの人々の痛みをいかに量らめや、
おのがおのれを隠すごと人もおのれをいつはれば。
みな心憂くうち嘆く、涙湛ふる眼^{まなこ}にて、
「世にはめでたき人ばかり、たゞこのわれを他にして。」
かれらは誰もあはれなり。天にむかひてたちかへり
かれらの祈ることはたゞ運気の変はることばかり。
運気は変はる。新しき涙を流しつゝされど
かれらは悟る——それはたゞ別の不運に変はれるのみと。

恋のわざ　4番

　朝^{あした}かの女のそばへ行け、眠りの神がやはらかき
かの女の耳へいとかろき芥子^{けし}の花をばこぼすとき。
さらば眺めよ、なほも日の光をいとふ寝台の
うへをいかにもしどけなく、眠りたる手の彷徨ふを――
瞼はすでに覚めかけて、くれなゐ色に染まりたる
かの女の頬のあたりには眠りの羽根がなほ休らはむ。

断片　13番

悪人どもの幸福は神々の為す罪過なり。

ウィリアム・シェイクスピア

ソネット集
18番

さもあらばวれいざ君を夏の日にやも譬ふべき。
夏の日よりも君はなほ愛しく和きものに見ゆ。
激しき風はおもしろき卯月の花の芽を揺らし、
夏がわれらに貸すものを返すべき日はたちまち来。
また時として天の目のあまりに熱く輝けば、
その金色のかんばせはしばしば曇りがちになる。
運やあるいは変はりゆくこの世の中の仕合はせは
この世にありて美しきものを時をり移ろはす。
されども君が永遠の夏はかけてもおとろへず、
君のふさに持てるそのきよらをあへて失はじ。
闇路に迷ふ君を死がてらさふこともあらざらむ、
かく永遠の詩句のなか生ひ立ちゆかん君ゆゑに。
　人に息吹のある限り、もしは見る目のある限り、
　この歌は生き、うたがたも君に命を与へゆくべし。

62 番

わが両の目のことごとに、わが魂のすみずみに、
すべてわが身の一々に自己を愛する罪は憑く。
かくまで深く頑なに心の奥に根延ふ罪、
いづこを見れどこの罪を癒やす薬は見当たらぬ。
われにはおのが顔ほどに見目よき顔は無きやうに、
わが身の全さ、きよけさは誰にも勝るやうに見ゆ。
おのが値をおのづからおのが秤にかけたるに
われはこの世の誰よりも重きものとぞ量らるゝ。
されど鏡のわれにわが真の顔を見するとき、
叩かれ、傷み、年波に黒ずむ顔が現るゝ、
いかにおのれを愛すとも逆さぞ真なりぬらし。
自己を愛する心とはかくまで悪しきものなりぬ。
　それは君なり、たゞ君をわれはおのれとして称ふ、
　君が月日の美しき色にておのが年を塗りつゝ。

ジョアシャン・デュ・ベレ

哀惜集
29番

おのれの家を出でぬまゝ若き月日を送るのを
われは死よりも厭ひたり。祭りの日のみ外に出で、
そのほかの日は陽の影を獣よりも怖がりて
ひねもす家に閉ぢこもる囚人になどならめやも。

されど老いたる旅人もやはり好ましからぬもの。
あなたこなたを駆けめぐり、さゝいづこにも留まらで、
軽き足をば持たんとて頭ばかりを軽くして、
ためらひもせず去る様は手紙をはこぶ使者のごと。

片や労することもなく安きところへ身をとゞむ、
片や命の尽くるまであへてその身を休らへず
日がな夜すがら数知れぬ危ふき土地を行く——されば、

ひとりは日々を幸せに富める痴れ者として生き、
ひとりは道の物乞ひの弱りたるよりなほ弱り、
たゞその長き旅路にて悲しき知恵をひとつ得るかな。

38 番

幸ひなれや、おのが世をおのれがどちと暮らす者！
作り話に入れ込まず、人を嫉まず、憂へなく、
その身に余るおほけなき位(くらゐ)を望むこともなく、
おのがつましき家をたゞ安く治むるその者よ！

儲けんとしていろいろに心を砕く煩ひも
その心根におのづから宿る情けを虐げず、
もし大きなるあらましを持つとも、欲に燃え立たず
親から継ぎし身のほどをあへて超えては延びぬもの。

人のすることいちいちに思ひ煩ふこともなし、
いかなることを望むとも頼るところはおのれのみ、
おのれをおのが法(のり)、帝(みかど)、ひいき、主(あるじ)とこそ見れば。

いづこともなき国々へ行きて財(たから)を費やさで、
誰とも知れぬ人のため身を危ぶむることもせで、
今よりさらに富みてんと願ひさへせぬ、幸ある人は。

ダンテ・アリギエーリ

『新生』第 11 段より
（愛と優しき心）

　愛と優しき心とはつねにひとつのものなれば
かの知者もその詩の中に頼もしげにもかく書けり、
「もしも優しき心から愛がいかにか分かれなば、
それは理性を無くなせる頭のやうになりぬべし。」
世界はときに豊かさに満ちて、自然の理_{ことわり}は
心を家にかへ、愛をその主_{あるじ}とす。さりけるに、
愛は心といふ家の中にひそかに伏しながら
時にはほんの束の間を、時には長く、眠るなり。
　美、そが時に思慮深き女のなかに現れて
目に喜びを与ふれば、心のなかにおぼえなく
欲ぞ生まるゝ──喜びを与へたるものへの欲ぞ。
この欲、いとも消えがたく、心のなかに留まりて、
つひに心に眠りたる愛の御霊_{みたま}を目覚めさす。
これは女がふさはしき男を見ても同じことかも。

同　第17段より
（天使のごときベアトリーチェ）

　かの女が人に挨拶をすれば、かの女のありさまに
見ゆるなほさと気高さがあまりにしるく光るゆゑ、
あらゆる舌はうち震ひ、言ふべきことを失ひて、
誰もかの女のゐる方に目をやることもえせぬらし。
かの女は歩む、まはりにはかの女のことを声高に
もてはやしたる人々がをれども、あへて高ぶらで、
たゞしとやかに、つゝましく、天つ空から地の上へ
奇蹟を見するために来し天使のたぐひかのやうに。

　いかなる目にも匂はしく映るかの女は、見る者の
心のなかに優しさを──かの女をいまだ見ぬ人は
え知らじ甘き優しさを、見る目を超えて、芽生えさす。
さればかの女のくちびるのひらく隙よりふとひとつ
なごしき霊ぞ抜け出でゝ、ひたすら愛に満ちながら、
見る者みなの魂に告げたまふめる──「ため息せよ」と。

白楽天

東の丘を歩む

朝は東の丘を行き、暮れも東の丘を行く。
されど東のこの丘の何をかゝくも愛したる。
われの愛するもの、それは生ひ成れるこの林なり——
年のはじめに植ゑし樹が春の暮れには花めけり。
気の向くまゝに植ゑしかば、数も揃はず、列もなし、
されど日影が傾けば緑の陰も移りゆき、
ほのかに風の吹くたびにかぐはしき香も漂へり。
青く繁れる若葉には鳥が下り来て遊びつゝ、
うち萎れたる花からは胡蝶の影ぞ飛び去れる。
われはのどかに班竹の杖をたづさへ、麻編みの
黄色のくつを履きながらひとりゆるりと歩むかも。
いかに繁けくわれがこの丘をば行き来したるかを
見まほしからばご覧ぜよ、草の間を行く白き小路を。

東の丘に植ゑし花の林と別るゝ歌ふたつ

その一

二年<ruby>ふたとせ</ruby>ばかり長江のかゝるほとりに留まれば
草、木、鳥、魚<ruby>うを</ruby>、この町の何も親しく覚ゆれど、
別れを惜しみいくたびも顧<ruby>かへり</ruby>みするはいづこにや——
それは東の丘にある桃と李<ruby>すもも</ruby>の樹のあたりかも。

その二

花の林よ、さやうなら。願はくは、ゆめな悴<ruby>かし</ruby>けそ。
春めぐり来<ruby>こ</ruby>ば、あの古き春を思ひてまた咲けよ。
年明けてこの楼閣にまた新しく来<ruby>こ</ruby>む太守<ruby>たいしゅ</ruby>、
その人もまたわれのごと花を愛する人ならむかも。

73

杜甫

春を望みて

かくこそ国はやぶれたれ、山と河とは残りたり。
城下の町は春めきて草木も深く茂れども、
世のありさまを思ふほど花に涙ぞこぼれおち、
辛き別れを恨みたる心は鳥に驚くよ。
すでに三月となりぬれどいまだ狼煙はたち止まで、
家より届く玉梓は黄金がごとくありがたし。
白髪頭を掻くほどに髪はいよいよ短くて、
われには今やかんざしを挿すことすらもまゝならぬらし。

ホラティウス

オード集　第1巻11番
（CARPE DIEM）

ゆめ探るなよ、レウコノエ、われやきみをば神々が
いかなるすゑに導くか、そは知るまじきことなれば。
かゝづらはざれ、バビロンの占ひ師にも。ユピテルが
さらなる冬をたまふとも、浮石の崖にティレニアの
海を砕けるこの冬が最後となりて終はるとも、
あらゆることを忍ぶべし！　賢く生きよ——酒を漉き、
高く伸びたるあらましは刈り整へよ。ねたげなる
世はかく言へるあひだにもすでに逃げ去りたるぞかし。
今日を摘みとれ、来たるべき明日を頼むことなかれ。

第4巻7番
（四季の移ろひ）

雪消して、野辺には今し初草が
　　樹には青葉が戻りたる。
地のうへに季節は移り、川波は
　　寄せぬ、返りぬ、たゆみゆく。

グラティアは双子の姉と妹と
　　ニンフたちとも手を取れば、
恥ぢもせず、肌をあらはにしたるまゝ
　　みなを踊りにさそふかな。

「きみよ、ゆめ不死を求むることなかれ。」
　　春の然告ぐるその隙に
豊かなる糧に満ちたるこの今日を
　　時はたちまち攫ひけり。

西風に寒さはゆるみ、はや春を
　　夏が追へれど、その夏も
また死なん――秋が実りを降らしなば。
　　さればしづけき冬、またも……

大空の月はその身の欠けたるを
　　また取り戻すものなれど、
アンクスや、トゥルスや、アイネーアスのごと、
　　われらは塵と消ゆるもの。

誰か知る、神々がこの今日の日に
　　確かに明日を加へんと？
欲深き後継ぎも汝《な》が魂の
　　受けたるものは取り得ねど。

トルクァトゥス、もし汝《なれ》死にて、厳《いつく》しく
　　ミノスの汝《なれ》を裁きてば、
家柄も、信仰心も、弁舌も
　　汝《なれ》をこの世に帰さめや。

清かりしヒポーリトゥスをディアーナは
　　黄泉の闇から引き上げず、
テセウスはつひぞレーテの絆から
　　ピリートゥスを救ひ得ぬ。《はだし》

カトゥルース

2番
（恋人の飼ひたる雀に）

雀よ、愛<ruby>愛<rt>を</rt></ruby>しきあの人のうつくしみたるものよ、汝<ruby>汝<rt>な</rt></ruby>と
かの女は遊び、胸もとに汝<ruby>汝<rt>な</rt></ruby>を抱<ruby>抱<rt>いだ</rt></ruby>き、汝<ruby>汝<rt>な</rt></ruby>に指先を
あたへてさらに強く汝<ruby>汝<rt>な</rt></ruby>をついばませんと弄ぶ——
わが輝ける愛ならんかの女は何か面白き
戯<ruby>戯<rt>たはむ</rt></ruby>れごとを得て、もしは何か知られぬ悲しみの
慰めぐさを得て、激<ruby>激<rt>たぎ</rt></ruby>つ心の中に燃ゆる火を
鎮めんとこそ思ふらめ。
かの女のやうにわれも汝<ruby>汝<rt>な</rt></ruby>と遊ばましかば、この暗き
胸の憂へも晴れましものを！

3番
（恋人の飼ひたりし雀の死を悼む歌）

嘆き悲しめウェヌスたち、クピドたち、また世の中の

誰もめでたき人々よ——今し雀は死にゝけり、

かの女がおのが目よりなほうつくしめりし雀なり。

甘く優しき心葉を持たりし雀、主たる

かの女につねに子の母に懐くがごとく懐ければ、

かの女の膝を離れずにかなたこなたへ跳ねながら

主のために楽しげに囀りたりしあの雀。

かの鳥はいま独りあの闇の旅路を行きたらむ、

誰一人とて帰らぬと人の言ひたる旅路をば。

されどお前は悪しきかな、黄泉のいぶせき暗闇よ、

愛しきものは何もみなやがてお前が食らひつる——

さまで愛しき雀をもわれより無下に奪ひけり。

あゝ、さるにても惜しきかな！　あゝ、あはれなる小雀よ！

お前がために今やわが愛しき人は泣き濡れて

瞼を赤く腫らしたるなり。

85 番

人を恨めど、人を恋ふ。などて然^さするときみ問へど
知らぬ──ただかく覚ゆれば心はいつも苛^{さいな}まれたり。

原文

Katherine Mansfield

LONELINESS

NOW it is Loneliness who comes at night
Instead of Sleep, to sit beside my bed.
Like a tired child I lie and wait her tread,
I watch her softly blowing out the light.
Motionless sitting, neither left nor right
She turns, and weary, weary droops her head.
She, too, is old; she, too, has fought the fight.
So, with the laurel she is garlanded.

Through the sad dark the slowly ebbing tide
Breaks on a barren shore, unsatisfied.
A strange wind flows... then silence. I am fain
To turn to Loneliness, to take her hand,
Cling to her, waiting, till the barren land
Fills with the dreadful monotone of rain.   1911.

THE SEA CHILD

INTO the world you sent her, mother,
    Fashioned her body of coral and foam,
Combed a wave in her hair's warm smother,
    And drove her away from home.

In the dark of the night she crept to the town
    And under a doorway she laid her down,
The little blue child in the foam-fringed gown.

And never a sister and never a brother
    To hear her call, to answer her cry.
Her face shone out from her hair's warm smother
    Like a moonkin up in the sky.

She sold her corals; she sold her foam;
    Her rainbow heart like a singing shell
Broke in her body: she crept back home.

Peace, go back to the world, my daughter,
　Daughter, go back to the darkling land;
There is nothing here but sad sea water,
　And a handful of sifting sand.　　　　　　　1911.

Anna de Noailles

L'offrande à la Nature

Nature au cœur profond sur qui les cieux reposent,
Nul n'aura comme moi si chaudement aimé
La lumière des jours et la douceur des choses,
L'eau luisante et la terre où la vie a germé.

La forêt, les étangs et les plaines fécondes
Ont plus touché mes yeux que les regards humains,
Je me suis appuyée à la beauté du monde
Et j'ai tenu l'odeur des saisons dans mes mains.

J'ai porté vos soleils ainsi qu'une couronne
Sur mon front plein d'orgueil et de simplicité,
Mes jeux ont égalé les travaux de l'automne
Et j'ai pleuré d'amour aux bras de vos étés.

Je suis venue à vous sans peur et sans prudence,
Vous donnant ma raison pour le bien et le mal,
Ayant pour toute joie et toute connaissance
Votre âme impétueuse aux ruses d'animal.

Comme une fleur ouverte où logent des abeilles,
Ma vie a répandu des parfums et des chants,
Et mon cœur matineux est comme une corbeille
Qui vous offre du lierre et des rameaux penchants.

Soumise ainsi que l'onde où l'arbre se reflète,
J'ai connu les désirs qui brûlent dans vos soirs
Et qui font naître au cœur des hommes et des bêtes
La belle impatience et le divin vouloir.

Je vous tiens toute vive entre mes bras, Nature.
Ah! faut-il que mes yeux s'emplissent d'ombre un jour,

Et que j'aille au pays sans vent et sans verdure
Que ne visitent pas la lumière et l'amour...

Arthur Rimbaud

RÊVÉ POUR L'HIVER

À *** Elle

L'hiver, nous irons dans un petit wagon rose
     Avec des coussins bleus.
Nous serons bien. Un nid de baisers fous repose
     Dans chaque coin moelleux.

Tu fermeras l'œil, pour ne point voir, par la glace,
     Grimacer les ombres des soirs,
Ces monstruosités hargneuses, populace
     De démons noirs et de loups noirs.

Puis tu te sentiras la joue égratignée...
Un petit baiser, comme une folle araignée,
     Te courra par le cou...

Et tu me diras : «Cherche !», en inclinant la tête,
— Et nous prendrons du temps à trouver cette bête
     — Qui voyage beaucoup...

En Wagon, le 7 octobre [18]70.

Oscar Wilde

Requiescat

Tread lightly, she is near
  Under the snow,
Speak gently, she can hear
  The daisies grow.

All her bright golden hair
  Tarnished with rust,
She that was young and fair
  Fallen to dust.

Lily-like, white as snow,
    She hardly knew
She was a woman, so
    Sweetly she grew.

Coffin-board, heavy stone,
    Lie on her breast,
I vex my heart alone,
    She is at rest.

Peace, peace, she cannot hear
    Lyre or sonnet,
All my life's buried here,
    Heap earth upon it.

Victor Hugo

L'ENFANCE

L'ENFANT chantait ; la mère au lit, exténuée,
Agonisait, beau front dans l'ombre se penchant ;
La mort au-dessus d'elle errait dans la nuée ;
Et j'écoutais ce râle, et j'entendais ce chant.

L'enfant avait cinq ans, et, près de la fenêtre,
Ses rires et ses jeux faisaient un charmant bruit ;
Et la mère, à côté de ce pauvre doux être
Qui chantait tout le jour, toussait toute la nuit.

La mère alla dormir sous les dalles du cloître ;
Et le petit enfant se remit à chanter... —
La douleur est un fruit : Dieu ne le fait pas croître
Sur la branche trop faible encor pour le porter.

Paris, janvier 1835.

DEMAIN, DÈS L'AUBE...

DEMAIN, dès l'aube, à l'heure où blanchit la campagne,
Je partirai. Vois-tu, je sais que tu m'attends.
J'irai par la forêt, j'irai par la montagne.

Je ne puis demeurer loin de toi plus longtemps.

Je marcherai les yeux fixés sur mes pensées,
Sans rien voir au dehors, sans entendre aucun bruit,
Seul, inconnu, le dos courbé, les mains croisées,
Triste, et le jour pour moi sera comme la nuit.

Je ne regarderai ni l'or du soir qui tombe,
Ni les voiles au loin descendant vers Harfleur,
Et, quand j'arriverai, je mettrai sur ta tombe
Un bouquet de houx vert et de bruyère en fleur.

3 septembre 1847.

Giacomo Leopardi

L'INFINITO

Sempre caro mi fu quest'ermo colle,
E questa siepe, che da tanta parte
Dell'ultimo orizzonte il guardo esclude.
Ma sedendo e mirando, interminati
Spazi di là da quella, e sovrumani
Silenzi, e profondissima quiete
Io nel pensier mi fingo; ove per poco
Il cor non si spaura. E come il vento
Odo stormir tra queste piante, io quello
Infinito silenzio a questa voce
Vo comparando: e mi sovvien l'eterno,
E le morte stagioni, e la presente
E viva, e il suon di lei. Così tra questa
Immensità s'annega il pensier mio:
E il naufragar m'è dolce in questo mare.

A SE STESSO

Or poserai per sempre,
Stanco mio cor. Perì l'inganno estremo,
Ch'eterno io mi credei. Perì. Ben sento,
In noi di cari inganni,
Non che la speme, il desiderio è spento.

Posa per sempre. Assai
Palpitasti. Non val cosa nessuna
I moti tuoi, nè di sospiri è degna
La terra. Amaro e noia
La vita, altro mai nulla; e fango è il mondo.
T'acqueta omai. Dispera
L'ultima volta. Al gener nostro il fato
Non donò che il morire. Omai disprezza
Te, la natura, il brutto
Poter che, ascoso, a comun danno impera,
E l'infinita vanità del tutto.

John Keats

'Can death be sleep, when life is but a dream'

I

Can death be sleep, when life is but a dream,
 And scenes of bliss pass as a phantom by?
The transient pleasures as a vision seem,
 And yet we think the greatest pain's to die.

II

How strange it is that man on earth should roam,
 And lead a life of woe, but not forsake
His rugged path; nor dare he view alone
 His future doom which is but to awake.

La Belle Dame sans Merci. A Ballad

I

O what can ail thee, knight-at-arms,
 Alone and palely loitering?
The sedge has withered from the lake,
 And no birds sing.

II

O what can ail thee, knight-at-arms,
 So haggard and so woe-begone?
The squirrel's granary is full,
 And the harvest's done.

III
I see a lily on thy brow,
    With anguish moist and fever-dew,
And on thy cheeks a fading rose
    Fast withereth too.

IV
I met a lady in the meads,
    Full beautiful — a faery's child,
Her hair was long, her foot was light,
    And her eyes were wild.

V
I made a garland for her head,
    And bracelets too, and fragrant zone;
She looked at me as she did love,
    And made sweet moan.

VI
I set her on my pacing steed,
    And nothing else saw all day long,
For sidelong would she bend, and sing
    A faery's song.

VII
She found me roots of relish sweet,
    And honey wild, and manna-dew,
And sure in language strange she said —
    'I love thee true'.

VIII
She took me to her elfin grot,
    And there she wept and sighed full sore,
And there I shut her wild wild eyes
    With kisses four.

IX
And there she lullèd me asleep
    And there I dreamed — Ah! woe betide! —
The latest dream I ever dreamt
    On the cold hill side.

X

I saw pale kings and princes too,
  Pale warriors, death-pale were they all;
They cried — 'La Belle Dame sans Merci
  Thee hath in thrall!'

XI

I saw their starved lips in the gloam,
  With horrid warning gapèd wide,
And I awoke and found me here,
  On the cold hill's side.

XII

And this is why I sojourn here
  Alone and palely loitering,
Though the sedge is withered from the lake,
  And no birds sing.

André Chénier

ÉLÉGIE XXV

Tout homme a ses douleurs. Mais aux yeux de ses frères
Chacun d'un front serein déguise ses misères.
Chacun ne plaint que soi. Chacun dans son ennui
Envie un autre humain qui se plaint comme lui.
Nul des autres mortels ne mesure les peines,
Qu'ils savent tous cacher comme il cache les siennes ;
Et chacun, l'œil en pleurs, en son cœur douloureux
Se dit : « Excepté moi, tout le monde est heureux. »
Ils sont tous malheureux. Leur prière importune
Crie et demande au ciel de changer leur fortune.
Ils changent ; et bientôt, versant de nouveaux pleurs,
Ils trouvent qu'ils n'ont fait que changer de malheurs.

ART D'AIMER IV

Viens près d'elle au matin, quand le dieu du repos
Verse au mol oreiller de plus légers pavots,
Voir, sur sa couche encor du soleil ennemie,
Errer nonchalamment une main endormie,

Ses yeux prêts à s'ouvrir, et sur teint vermeil
Se reposer encor les ailes du sommeil.

FRAGMENT XIII

Le bonheur des méchants est un crime des dieux.

William Shakespeare

Sonnets
18

Shall I compare thee to a summer's day?
Thou art more lovely and more temperate.
Rough winds do shake the darling buds of May,
And summer's lease hath all too short a date.
Sometime too hot the eye of heaven shines,
And often is his gold complexion dimmed,
And every fair from fair sometime declines,
By chance or nature's changing course untrimmed:
But thy eternal summer shall not fade
Nor lose possession of that fair thou ow'st,
Nor shall death brag thou wand'rest in his shade,
When in eternal lines to time thou grow'st.
  So long as men can breathe or eyes can see,
  So long lives this and this gives life to thee.

62

Sin of self-love possesseth all mine eye
And all my soul and all my every part,
And for this sin there is no remedy,
It is so grounded inward in my heart.
Methinks no face so gracious is as mine,
No shape so true, no truth of such account,
And for myself mine own worth do define,
As I all other in all worths surmount.
But when my glass shows me myself indeed,
Beated and chopped with tanned antiquity,
Mine own self-love quite contrary I read:

Self so self-loving were iniquity.
'Tis thee, my self, that for myself I praise,
Painting my age with beauty of thy days.

Joachim du Bellay

Les Regrets
29

Je hais plus que la mort un jeune casanier,
Qui ne sort jamais hors, sinon aux jours de fête,
Et craignant plus le jour qu'une sauvage bête,
Se fait en sa maison lui-même prisonnier.

Mais je ne puis aimer un vieillard voyager,
Qui court deçà delà, et jamais ne s'arrête,
Ains [sic] des pieds moins léger que léger de la tête,
Ne séjourne jamais non plus qu'un messager.

L'un sans se travailler en sûreté demeure,
L'autre, qui n'a repos jusques à tant qu'il meure,
Traverse nuit et jour mille lieux dangereux :

L'un passe riche et sot heureusement sa vie,
L'autre, plus souffreteux qu'un pauvre qui mendie,
S'acquiert en voyageant un savoir malheureux.

38

Ô qu'heureux est celui qui peut passer son âge
Entre pareils à soi ! et qui sans fiction,
Sans crainte, sans envie et sans ambition,
Règne paisiblement en son pauvre ménage !

Le misérable soin d'acquérir davantage
Ne tyrannise point sa libre affection,
Et son plus grand désir, désir sans passion,
Ne s'étend plus avant que son propre héritage.

Il ne s'empêche point des affaires d'autrui,
Son principal espoir ne dépend que de lui,

Il est sa cour, son roi, sa faveur et son maître.

Il ne mange son bien en pays étranger,
Il ne met pour autrui sa personne en danger,
Et plus riche qu'il est ne voudrait jamais être.

Dante

Amore e 'l cor gentil sono una cosa,
sì come il saggio in su' dittare pone,
e così esser l'un senza l'altro osa
com'alma razional sanza ragione;
falli Natura quand'è amorosa:
Amor per sire e 'l cor per sua magione,
dentro la qual dormendo si riposa
talvolta poca e tal lunga stagione.
Bieltate appare in saggia donna poi,
che piace agli occhi sì che dentro al core
nasce un disio de la cosa piacente
e tanto dura, talora, in costui
che fa svegliar lo spirito d'Amore,
e simil face in donna omo valente.

Tanto gentile e tanto onesta pare
la donna mia quand'ella altrui saluta
ch'ogne lingua deven, tremando, muta
e gli occhi no l'ardiscon di guardare;
ella si va, sentendosi laudare,
benignamente e d'umiltà vestuta,
e par che sia una cosa venuta
dal cielo in terra a miracol mostrare.
Mostrasi sì piacente a chi la mira
che dà per li occhi una dolcezza al core
che 'ntender no lla può chi no lla prova;
e par che della sua labbia si mova
uno spirto soav'e pien d'amore
che va dicendo all'anima: «Sospira».

白楽天

歩東坡

朝上東坡歩
夕上東坡歩
東坡何所愛
愛此新成樹
種植當歳初
滋榮及春暮
信意取次栽
無行亦無數
綠陰斜景轉
芳氣微風度
新葉鳥下來
萎花蝶飛去
閑攜斑竹杖
徐曳黃麻屨
欲識往來頻
靑蕪成白路

別種東坡花樹兩絕　其一

二年留滯在江城
草樹禽魚盡有情
何處殷勤重迴首
東坡桃李種新成

別種東坡花樹兩絕　其二

花林好住莫顦頷
春至但知依舊春
樓上明年新太守
不妨還是愛花人

杜甫

春望

国破山河在

城春草木深
感時花濺涙
恨別鳥驚心
烽火連三月
家書抵万金
白頭搔更短
渾欲不勝簪

Horace

Odes
I.11

Tu ne quaesieris, scire nefas, quem mihi, quem tibi
finem di dederint, Leuconoe, nec Babylonios
temptaris numeros. ut melius, quidquid erit, pati,
seu pluris hiemes seu tribuit Iuppiter ultimam,
quae nunc oppositis debilitat pumicibus mare
Tyrrhenum! sapias, vina liques, et spatio brevi
spem longam reseces. dum loquimur, fugerit invida
aetas: carpe diem, quam minimum credula postero.

IV.7

Diffugere nives, redeunt iam gramina campis
          arboribusque comae;
mutat terra vices, et decrescentia ripas
          flumina praetereunt;
Gratia cum Nymphis geminisque sororibus audet
          ducere nuda choros.
immortalia ne speres, monet annus et almum
          quae rapit hora diem;
frigora mitescunt Zephyris, ver proterit aestas
          interitura simul
pomifer Autumnus fruges effuderit, et mox
          bruma recurrit iners.
damna tamen celeres reparant caelestia lunae:
          nos ubi decidimus
quo pater Aeneas, quo Tullus dives et Ancus,
          pulvis et umbra sumus.
quis scit an adiciant hodiernae crastina summae

tempora di superi?
cuncta manus avidas fugient heredis, amico
    quae dederis animo.
cum semel occideris et de te splendida Minos
    fecerit arbitria,
non, Torquate, genus, non te facundia, non te
    restituet pietas;
infernis neque enim tenebris Diana pudicum
    liberat Hippolytum,
nec Lethaea valet Theseus abrumpere caro
    vincula Pirithoo.

Catullus

2A

Passer, deliciae meae puellae,
quicum ludere, quem in sinu tenere,
cui primum digitum dare appetenti
et acris solet incitare morsus,
cum desiderio meo nitenti
carum nescio quid lubet iocari,
et solaciolum sui doloris,
credo, ut tum grauis acquiescat ardor:
tecum ludere sicut ipsa possem
et tristis animi leuare curas!

3

Lugete, o Veneres Cupidinesque,
et quantum est hominum uenustiorum:
passer mortuus est meae puellae,
passer, deliciae meae puellae,
quem plus illa oculis suis amabat.
nam mellitus erat suamque norat
ipsam tam bene quam puella matrem,
nec sese a gremio illius mouebat,
sed circumsiliens modo huc modo illuc
ad solam dominam usque pipiabat;
qui nunc it per iter tenebricosum
illud, unde negant redire quemquam.

at uobis male sit, malae tenebrae
Orci, quae omnia bella deuoratis:
tam bellum mihi passerem abstulistis.
o factum male! o miselle passer!
tua nunc opera meae puellae
flendo turgiduli rubent ocelli.

85

Odi et amo. quare id faciam, fortasse requiris?
  nescio, sed fieri sentio et excrucior.

訳注

キャサリン・マンスフィールド。1888 年に生まれ、1923 年に没したニュージーランド出身の作家、詩人。19 歳の時にイギリスへ移り、作家活動を開始。率直さと繊細さを併せ持つ独特の文体で詩のような感覚を与える短編小説を書き、交流のあったヴァージニア・ウルフからは「私が嫉妬する唯一の作家」とまで言われたが、結核によって 34 歳で夭折した。モダニズム文学の重要な作家のひとりに数えられる。

寂しさ

　作中の「かの女」はすべて擬人化された「寂しさ」をさす。このように概念そのものを擬人化して描く手法は起源を辿れば古代の多神教文学にまで遡ることができるものだが、英文学においては特に中世のウィリアム・ラングランドなどに始まりバニヤンの "The Pilgrim's Progress" で絶頂に達した宗教的寓話に多用された。ロマン主義の時代以降は、秋を擬人化して描いたキーツの "To Autumn" に見られるようにより幻想的で抒情的な使い方もされるようになっており、若き日のマンスフィールドがオスカー・ワイルドの愛読者であり、そのワイルドがキーツの讃美者だったことを踏まえれば、この詩に見られる擬人化の手法もロマン主義の流れを汲むものと考えるのが自然であろう。

　月桂冠：ギリシャ＝ローマの古代世界において、月桂冠は勝利の象徴であった。よってここでは擬人化された「寂しさ」が、疲れ果て、老いてしまってはいても、戦いには勝ったということを示唆している。

海の子

　思ひ鎮めよ、海の子よ……：最後の連は母の言葉。傷ついて海に帰ってきた娘に対して、「もう一度陸に戻って戦え」と諭す。

ノアイユ伯爵夫人アンナ・ド・ブランコヴァン、通称**アンナ・ド・ノアイユ**。1876 年生まれ、1933 年没のフランスの詩人、小説家。ルーマニアの貴族の家系に生まれ、幼少から高等な教育を受けて育った。象徴主義の影響のもと前衛化してゆく 20 世紀初頭のフランス文壇において、ラマルティーヌの流れを汲む流麗なアレクサンドランを書き続けた詩人。プルーストやヴァレリーなどほかの文人とも広く交流した。

自然への捧げもの
　1901 年に出版された処女詩集 Le Cœur innombrable（『数知れぬ心』）の冒頭を飾る作品。〈自然〉に対して呼びかけるオードの形式をとっているため、作中の「汝」はすべて自然そのものをさす。
　あの国：黄泉の国、あの世。キリスト教的な地獄、煉獄、天国よりも、ギリシャ＝ローマ神話の冥界に近いものとして死後の世界を表現している。

アルチュール・ランボー。1854 年生まれ、1891 年没のフランスの詩人。象徴主義を代表する詩人のひとりであり、おもに散文詩によって知られる。二十歳で詩作を放棄した。

冬の夢
　より正確な訳は「冬のために夢見られた（こと）」。「(18)70 年 10 月 7 日、車内にて」という書き込みがあり、ランボーがベルギーへ家出をした日に移動中の列車内で書いたものと見られている。
　下衆ども：車窓から見える人ごみ。窓の外の汚い世界を見ないように目をつぶる。

オスカー・ワイルド。1854 年生まれ、1900 年没のアイルランドの詩人、劇作家、小説家。19 世紀末の耽美主義や退廃主義を代表する作家のひとり。私生活では社交界を好んで華々しい暮らしぶ

りだったが、1895 年に同性愛のかどで訴えられ、収監。獄中でダンテやアウグスティヌスなどを読んで回心し、最期は死の床でカトリックに改宗した。

Requiescat

　1867 年、ワイルドの妹イソラが九歳の若さで病没した。本作はその妹に捧げられたものであり、題名はラテン語で「安らかに眠れ」。

ヴィクトル・ユゴー。1802 年生まれ、1885 年没のフランスの詩人、小説家、劇作家。フランスにおけるロマン主義文学の代表者。革命後の新しいフランスを象徴する作家であり、教権反対、社会的弱者の救済などを訴える政治家としても活動した。詩人としては、ラシーヌの端正な韻律を至上と見なすそれまでのフランス文学の規範から大きく逸脱し、シェイクスピアの影響を取り入れながら入り組んだ比喩や口語表現を駆使する型破りな詩風を確立。以降のフランスの詩がどんどん抽象的、散文的になってゆく流れを決定づけた。本集に収録した作品は抒情詩人としての代表作である『瞑想集（Les Contemplations）』から。

をさなき日

　1835 年の作として出版されたが、自筆原稿の日付は 1855 年 1 月 22 日となっているため、詩集の第一章に入れたかったので発表の際に日付を書き換えたのだろうと指摘されている。詩のモデルとなったのはジネスタ夫人（Mme Ginestat）という女性であり、ユゴーがジャージー島に居住していた時の隣人だったが、幼い子供を残して結核で亡くなったという。

明日のしのゝめ……

　1843 年、ユゴーの 19 歳の娘レオポルディーヌが新婚の夫やおなかの赤ちゃんと諸共にセーヌ川で溺れ死ぬという悲劇が起きた。

本作は 1847 年に書かれ、娘の墓を訪ねに行く心境を歌った詩。作中の「汝」はすべて死んだ娘をさす。

ジャコモ・レオパルディ。1798 年生まれ、1837 年没のイタリアの詩人、哲学者、言語学者。幼少から聡明であり、15 歳の頃にはすでにギリシャやラテンの古典に通暁し、学者として頭角を現していた。しかし勉学に打ち込みすぎたせいで健康を害して亀背になってしまったことから人生が暗転し始め、鬱屈した感情はやがて抒情詩に結実してゆくことになる。ドルバックなどの啓蒙思想家に影響を受けた無神論者でもあったため、その作品は古典を踏まえた豊かな音楽性のうちにも神なき人間の孤独を感じさせる現代的な響きを含む。哲学者としてはニーチェに先駆けてニヒリズムの問題に取り組み、無神論者版のパンセとも言える断章録『ジバルドーネ』を遺した。イタリア近代史上最高の詩人とされる。

無窮
　1819 年の春から秋の間に書かれたとされる、レオパルディの作中でも最も有名な牧歌。丘に座って海の方を向くと遠くの水平線がほとんど石垣に隠れて見える、という単純な情景を素材に取りながら、水平線を遮る石垣を人間の知識や感覚が及ぶ限界、その向こうにある見えない海を永遠に知ることのできない無限の世界になぞらえる。「未知なるものを前に佇む人間の姿」はカスパー・ダーヴィト・フリードリヒの『雲海の上の旅人』に代表されるように、ロマン主義芸術に繰り返し現れる重要なモチーフ。
　寂しきこの丘：モンテ・ターボル（Monte Tabor）という丘。レオパルディの生まれ故郷だったレカナーティという町にある。レオパルディは故郷を出て独り立ちすることを夢見ていたが、病弱で経済的に両親に依存せざるを得なかったため、その望みはなかなか叶わなかった。
　かゝる海へと沈みゆく：原文の naufragar は単に沈むというだけでなく、特に「難破する」「沈没する」の意。

おのれに

1835年初出。思いを寄せていた女性ファニー・タルジョーニ・トツェッティに失恋した時期に書かれた作品。

「あらゆる人間、特に若い人間は、多かれ少なかれ、それぞれの性格に応じた『幸福な幻想』を持っているものだ。人を文明化させ、教育し、他人と自分を比べる癖をつけさせ、論理的に思考したり、反省したりするように仕込むこの社会や、世の中のいろいろな議論、それこそが個人から、人々から、民族から、人類そのものからどうしようもなく幻想を奪い去ってしまうものなのだ。[...] だからもし社会を形成せずずっと独りきりでいたならば、いつまでも青春の幻想を失わずに済んだのだ。もしそうなれば、誰もが死ぬまでずっとそんな幻想を持ち続けるだろう。そして幻想は現実になるだろう。そして、人はきっと幸せになれるだろう。」『ジバルドーネ』2684–2685、1823年。

打ち足りたれば……：自分の心臓に対して「もうお前は充分に打った」と呼びかけている。事実、レオパルディはこの詩を発表した2年後に没した。

自然よ：〈自然〉という概念が風に揺れる草花云々ではなく無人格的な物理法則として理解されていることに注意。ワーズワスの "Let Nature be your teacher" の対極にあるような冷たい自然観であり、ロマン主義文学におけるレオパルディの位置づけを特異なものにしている。

ジョン・キーツ。1795年生まれ、1821年没のイギリスの詩人。バイロン卿やシェリーとともに、ワーズワスやコールリッジに次ぐイギリスのロマン主義文学の第二世代を代表する詩人。端正な韻律を持つソネットやオード、物語詩などを書いたが、無名のまま25歳で夭折した。死後に評価が高まり、現在では作品の多くが英文学の古典に数えられている。

など死の眠りたり得めや......

　1814 年に書かれた初期の習作。署名を欠くため、本人の作ではないと考える研究者もいる。

　後の定め：死。「人生など夢に過ぎないのだから、死ぬとはむしろ夢から覚めることだ。なのにみなやたらと死を恐れてばかりいるのはおかしなことだ」というほどの意。

こゝろなきをみな

　絶頂期の 1819 年に書かれた、バラッド形式におけるキーツの代表作。原題は仏語で、中世フランスの詩人アラン・シャルティエの同名作品から取られている。「男を惑わせる美しい妖精」にまつわる中世の伝説を語るバラッドはウォルター・スコット編纂の口承バラッド集 "Minstrelsy of the Scottish Border" にも収録されている "Thomas the Rhymer" が有名だが、口語や方言が目立ち韻律にも乱れがある民間口承のバラッドとは対照的に格調高い文語と端正な韻律を持って書かれたキーツの作品は、ワーズワスとコールリッジの "Lyrical Ballads" に続き、民衆の娯楽として始まったバラッド形式がロマン主義の詩人たちによって高尚な文学に昇華されたことを示す好例となっている。

　ひとつの百合ぞ......：「百合のように白い額」や「ばら色の頬」などは通常、女性の器量を褒めるときに使われる比喩。ここでは濡れた百合や萎れてゆく薔薇を持ち出して、騎士の顔色の異常さを表している。

　美しき女と......：「一体どうしてそんな青い顔をしてとどまっているんだ？」という話者の問いに対して、四連から騎士の返答が始まる。

アンドレ・シェニエ。1762 年生まれ、1794 年没のフランスの詩人。ギリシャ人の血を引く母のもとに生まれ、ギリシャやローマの古典文学に範をとった悲歌やオードなどを書いたが、革命の最中に過激派に反対する立場をとって政治活動を行ったことが仇と

なり、ギロチン刑に処された。生前に発表した作品は少なかったが、死後に名声が高まり、ラマルティーヌやユゴーなどのロマン主義者たちから称賛された。

恋のわざ　4番

　題はオウィディウスの Ars amatoria に倣う。ポープによる "Eloisa to Abelard" などと同様、オウィディウスの影響のもとに書かれたこうした恋愛詩はその後のロマン主義へと繋がってゆくことになる。

断片　13番

　名前が残っていない古代ギリシャの悲劇詩人の詩句が元になっている。

ウィリアム・シェイクスピア。1564年生まれ、1616年没のイギリスの劇作家、詩人。ルネサンス後期、英国国教会が創立して間もない頃に生まれ、喜劇、悲劇、史劇、物語詩、形而上詩、ソネットなどあらゆる分野に傑作を残した英文学史上最大の文豪。不確実性の支配する世界観、悪役も英雄もみな生身の人間として描く人物造形、暗喩や両義語を多用する玉虫色の文体など、その作品に見られる様々な特徴はその後の英文学のみならず世界文学全体に計り知れない影響を及ぼした。

ソネット集　62

　おのが年を塗りつゝ：「塗る（Painting）」とは、化粧を彷彿させる表現。青年の美しさによって、年をとった自分自身も（あたかも化粧を施したかのように）美しくなる。

ジョアシャン・デュ・ベレ。1522年ごろに生まれ、1560年に没したフランスの詩人。ロンサール、バイフらと共にプレイヤード派の中核をなし、フランス語を単なる口語からラテン語に匹敵す

るような格調高い文語へ成長させることを目的として活動した。フランス型ソネットの確立者のひとりでもあり、代表作は191篇のソネットを集めた『哀惜集（Les Regrets）』。

ダンテ・アリギエーリ。1265年ごろに生まれ、1321年に没したイタリアの詩人、思想家。イタリアを代表する大詩人であり、イタリア語の父。代表作『神曲』はホメロスやウェルギリウスの叙事詩と共に西洋最大の古典のうちに数えられ、中世文学の集大成として名高いが、主人公が伝説の英雄ではなく一人の弱い人間としての作者自身であること、異教徒であるウェルギリウスを「師」と呼んでその前に頭を垂れるという古典作家に対しての謙虚な姿勢、そして標準ラテン語ではなくトスカーナ方言で書かれていることなどは、その後の近代文学が辿る方向性を予期してもいる。またダンテはソネット形式で詩作をした最初期の詩人のひとりでもあり、本著に収めたソネットは神曲以前、13世紀末に制作された詩文集『新生（Vita Nova）』に収録されている。

『新生』第11段より
　ダンテ自身の説明によれば、友人に「愛とは一体どのようなものなのか」と訊ねられて、愛の性質を説明するために書いたソネットだという。
　　かの知者：グイド・グィニツェーリ。13世紀イタリアの詩人。理想化された女性への愛を歌う〈ドルチェ・スティル・ノーヴォ〉という文学運動の先駆者。この運動中に理想化された女性として最も有名なのは、言うまでもなくベアトリーチェである。

同　第17段より
　永遠の理想ベアトリーチェを称えるソネットだが、ベアトリーチェの外見を描写する言葉が一言もなく、かの女の美はあくまでも気高さや慎ましさなどの内面の徳に由来するのだと強調するところに特色がある。「内面の徳は外見の美に先立つ」という信念

はのちに発展するルネサンス美術にも受け継がれており、それは
レオナルド・ダ・ヴィンチが『ジネーヴラ・デ・ベンチの肖像』
の額裏に書き入れた標語、VIRTVTEM FORMA DECORAT（「美
は徳を引き立てる」i.e.「かの女の美はかの女の徳の飾りにすぎ
ない」というほどの意）にも反映されている。

　　かの女：ベアトリーチェ。

白居易、通称**白楽天**。772 年生まれ、846 年没の中国の詩人。平
易な言葉で幅広い題材を扱ったが、中でも玄宗皇帝と楊貴妃の恋
愛を歌った『長恨歌』が名高い。詩文集『白氏文集』は平安貴族
の間でも愛読され、文選とともに『枕草子』や『源氏物語』など
の日本の古典に影響を与えた。

東の丘を歩む
　　820 年、忠州（現在の重慶市中部、長江沿岸の町）で刺史（古
代中国における州の長官）をしていた 49 歳の時の作。五年前の
815 年、白居易は長安で太子左賛善太夫という閑職に就いていた
が、宰相の暗殺事件に対して「何としても真相を究明すべき」と
意見を出したことが越権行為として問題になり、江州司馬に流さ
れてしまった。819 年から減刑扱いで忠州に異動となったが、あ
まり土地になじむことができず、丘に木を植えて散歩することだ
けが楽しみだったらしい。

　　斑竹：長江中流に自生するまだら模様の竹。
　　白き小路：何度も同じ場所を通るので、草の中に白い道ができ
た。

東の丘に植ゑし花の林と別るゝ歌ふたつ
　　同年秋、ついに忠州を離れることになった時の作。
　　太守：刺史を言う雅語。自分の後任に入って来る人。

杜甫。712 年生まれ、770 年没の中国の詩人。同時代の李白と並

んで、中国古典文学における最高の詩人と見なされる。酩酊のうちに幻想と戯れて〈詩仙〉と呼ばれた李白とは対照的に、儒教道徳に根差した謹厳実直な態度で現実社会に向き合ったため〈詩聖〉と呼び慣らわされてきた。日本文学への影響については、松尾芭蕉が愛読者だったことで特に知られている。

春を望みて

　757年、安史の乱の最中にあって、長安が反乱軍の手に落ちてしまった時の作。芭蕉が『おくのほそ道』で「夏草や兵どもが夢の跡」という句の前に諳んじていることでも有名。『『国破れて山河あり、城春にして草青みたり』と、笠うち敷きて、時のうつるまで泪を落しはべりぬ。」

　世のありさま：戦乱の世のありさま。

　辛き別れ：家族との別れ。戦乱のために家族に会えない。

　かんざし：冠を留めるために髪に挿すヘアピンのこと。

クィーントゥス・ホラーティウス・フラックース、通称**ホラティウス**。紀元前65年に生まれ、紀元前8年に没した古代ローマの詩人。ウェルギリウス、オウィディウスと共に古代ローマ三大詩人の一角をなすが、叙事詩や物語詩で知られるほかの二名とは異なり短い抒情詩を得意とした。警句として後世に残っている言葉も多く、書簡詩に現れる sapere aude（「あえて知れ」）という一句はカントが自著『啓蒙とは何か』の冒頭で「おのれの知性を使う勇気を持て！」という訓釈とともに紹介したことから啓蒙思想全体を象徴する標語にもなった。本集に収録した作品は代表作『オード集』（原題は単に『歌集』を意味する Carmina）から選んだ。ホラティウスのオードはピンダロスのものとともにオード形式の二大模範を成す。

オード集　第1巻11番

　レウコノエという女性に宛てられているオード。内容をまとめ

ると、「占いを頼ってあれこれと未来のことを知ろうとするのは
やめろ。先のことはどうなるかわからないが、何があっても苦難
に耐えて頑張ろう。明日を当てにせず、今日一日をしっかりと生
きろ」というようなもの。

　レウコノエ：女性の名前。占いを頼って未来を知ろうとしてい
たらしい。

　ユピテル：ローマ神話の最高神。天と雷を司る。古来からゼウ
スと同一視されており、ホメロスの叙事詩もチャップマン、ポー
プ、ダシエなどの古典的な翻訳ではゼウスではなくユピテルと訳
される。

　ティレニアの海：地中海の一部で、イタリア半島の西にある海。

　今日を摘みとれ：原文は carpe diem。「先のことばかり考えず、
とにかく今を楽しめ！」というような意味に拡大解釈された形で
人口に膾炙し、後世には詩の主題としても繰り返し使われるよう
になった。西洋文学ではロンサールの "Quand vous serez bien
vieille" やアンドリュー・マーヴェルの "To His Coy Mistress" な
どが有名だが、日本では歌謡曲の『ゴンドラの唄』がもっとも広
く親しまれている典型かもしれない。

同　第4巻7番

　友人トルクァトゥスに宛てたオード。内容は、「四季は巡り、
欠けた月は再び満ちるが、われわれ人間はどんなに立派に生きよ
うが最後は塵に返るだけなのだ」という無常観の漂うもの。長句
と短句を交互に繰り返す原文の韻律を反映させるため、本集では
バラッド調に訳した。

　グラティア：美や喜びを象徴するとされた女神たちで、通常ア
グライア、ユーフォロシネ、タリアという美しい裸の三姉妹の姿
で描かれる。ムーサたちやアポロンの音楽に加わるほか、ウェヌ
スの侍女を務めるともされた。ギリシャ名はカリス。

　ニンフ：自然の精のこと。美しい女性の姿をし、海、森、泉な
どにそれぞれのニンフが宿る。神々のように不死ではないものの

人間よりははるかに長く生きると考えられた。

　アンクス：アンクス・マルキウス。古代ローマ王国の第四代国王。

　トゥルス：トゥルス・ホスティリウス。古代ローマ王国の第三代国王。

　アイネーアス：伝説の英雄。もとはトロイアの武将だったが、その後イタリア半島に渡ってローマ人の祖になったとされる。ウェルギリウスの叙事詩の主人公。

　トルクァトゥス：マンリウス・トルクァトゥス。古代ローマの貴族、弁護士。このオードでホラティウスが語りかけている相手。

　ミノス：古代クレタの王、ゼウス（ユピテル）とエウロパの息子。兄弟のラダマンテュス、アイアコスとともに冥界で死者を裁く審判官になったと信じられており、ホメロスの叙事詩の中でもその姿が描かれている。「われはいかしきゼウスの子、ミノスを見たり——座に着きて、手には黄金の杖を持ち、死者に裁きを下せりき……」オデュッセイア 11 巻 568–570。

　ディアーナ：獣と狩猟の女神。ユピテルとラトナの娘で、アポロンと双子。永遠の処女であり、夫も子供もいない。ギリシャ名はアルテミス。象徴する天体は月。

　ヒポーリトゥス：アテナイの王テセウスとアマゾンの女王ヒッポリュテの息子。母ヒッポリュテはヒポーリトゥスを産んですぐにヘラクレスに殺されてしまった。作中で言及されている神話の内容は以下の通り。（以下、ホラティウスの詩に合わせて神々をラテン名で記述する。）

　テセウスはミノスの娘パイドラと結婚し、幸せに暮らしていた。狩りを愛する息子ヒポーリトゥスは狩猟の女神ディアーナを熱烈に崇拝し、その代わり愛の女神ウェヌスを嫌っていた。しかしそれに気を悪くしたウェヌスはパイドラに呪いをかけ、義理の息子であるヒポーリトゥスに対して激しい恋心を抱かせる。パイドラは苦悩の末についに愛を告白するが、ヒポーリトゥスに強く拒絶され、絶望のあまり首を吊って自殺してしまう。しかも、かの女

は自殺する前に遺書を書き残しており、そこには「ヒポーリトゥスに強姦されかけた」という嘘が記されてあった。遺書を信じて怒り狂ったテセウスは無実を訴える息子の言葉を無視し、以前に父ネプトゥーヌスからもらっていた三つの願い事のひとつを使って「ヒポーリトゥスを殺してほしい」と依頼する。ネプトゥーヌスは願いを聞き入れ、海の怪物を使ってヒポーリトゥスを殺す。

テセウス：アテナイ最大の英雄であり、王。トリジナ王の娘アイスラとアテナイ王アイゲウスの息子だが、ある伝承によるとアイスラは先に海神ネプトゥーヌスに強姦され、その同じ夜にアイゲウスと寝て生まれた息子がテセウスであり、テセウスは神の血も引いているという。

レーテ：冥界を流れる川。レーテの水を飲んだ者は一切の記憶を完全に失う。ここで「レーテの絆」と言われているのは、下記の神話への言及であると思われる。

ピリートウス：ペイリトオス。テッサリアの英雄で、テセウスの盟友。ある日、二人は共に「お互い誰かユピテルの娘のひとりを妻として娶ろう」と誓い合い、テセウスはユピテルとレーダーの娘であるヘレナに、ピリートウスはユピテルとケレースの娘でプルートーの妻でもある女神プロセルピナに目を付ける。まずはピリートウスがテセウスを手伝い、二人はヘレナの誘拐に成功する。次に今度はテセウスがピリートウスを手伝うことにし、二人はプロセルピナを誘拐しようと共に冥界へ降りてゆく。しかし二人の目的を見抜いたプルートーは歓待を装って二人を「忘却の椅子」に座らせ、二人は椅子の上で一切の記憶を完全に失くしてしまう。その後、ケルベロスを借りようと冥界に下ってきたヘラクレスがテセウスを椅子から解放するが、ピリートウスも助けようと思った瞬間、大地が震動する。「これは神々が罪人の開放を望んでいないしるしだ」と気が付いたヘラクレスはピリートウスの解放を断念し、テセウスだけを救出する。かくしてピリートウスは忘却の椅子に座ったまま冥界に取り残されてしまうのだった。

ガイウス・ウァレリウス・**カトゥルース**。紀元前 84 年ごろに生まれ、紀元前 54 年ごろに没した古代ローマの詩人。先行するギリシャの詩人サッポーに強い影響を受け、ホメロスの伝統にとらわれない激情的な詩を多く書いた。ホラティウスと並んでラテン文学における抒情詩の代表者。

2番

　訳出部分は正確には「2A」に分類されるのだが、これは現存する写本において、訳出部分の下に別の詩の断片と思しきアタランテの神話に言及する三行が付いていて、その部分を慣例的に「2B」と呼ぶからである。

　雀よ：雀は人に懐きづらい鳥であるため、実際には雀ではなくイソヒヨドリだったのではないかと推測されている。

3番

　ウェヌスたち、クピドたち：ヴィーナスとキューピッド。ただし、ここでは実際の神々に対して呼びかけているのではなく、「この世の中の、ヴィーナスやキューピッドのような人々よ」というほどの意。

底本

Anna de Noailles. *Anthologie poétique et romanesque*. Paris: Librairie Générale Française, 2013.

Catullus, Gaius Valerius. *The Poems of Catullus: A Bilingual Edition*. Translated, with commentary by Peter Green. Berkeley: University of California Press, 2007.

Chénier, André. *Poésies*. Édition critique par Louis Becq de Fouquières. Paris: Gallimard, 1994.

Dante. *Vita Nova*. Introduzione, revisione del testo e commento di Stefano Carrai. Milano: RCS Libri S.p.A., 2015.

Du Bellay, Joachim. *Les Regrets précédé de Les Antiquités de Rome et suivi de La Défense et Illustration de la Langue française*. Paris: Gallimard, 1967.

Horace. *Odes and Epodes*. Edited and translated by Niall Rudd. Cambridge, Massachusetts: Harvard University Press, 2012.

Hugo, Victor. *Les Contemplations*. Édition critique par Léon Cellier. Paris: Garnier, 2019.

Keats, John. *The Complete Poems*. Edited by John Barnard. London: Penguin, 2006.

Leopardi, Giacomo. *Canti*. Translated and annotated by Jonathan Galassi. London: Penguin, 2010.

Mansfield, Katherine. *Poems*. Gawler South: Michael Walmer, 2016.

Shakespeare, William. *Complete Works*. Edited by Jonathan Bate and Eric Rasmussen. Basingstoke: Macmillan, 2007.

Rimbaud, Arthur. *Poésies. Une saison en enfer. Illuminations*. Édition établie et annotée par Louis Forestier. Paris: Gallimard, 1999.

Wilde, Oscar. *Collected Poems*. Introduction and notes by Anne Varty. Hertfordshire: Wordsworth Editions Limited, 1994.

杜甫. *杜甫詩選*. 黒川洋一編. 東京：岩波書店, 1991.

白居易. *白楽天詩選　下*. 川合康三訳注. 東京：岩波書店, 2011.

参考文献

Bunyan, John. *The Pilgrim's Progress*. Edited by Roger Pooley. London: Penguin, 2008.

Catullus. *The Complete Poems*. Translated with an introduction and notes by Guy Lee. Oxford: Oxford University Press, 1998.

Grimal, Pierre. *Dictionnaire de la mythologie grecque et romaine*. Paris: Presses Universitaires de France, 2002.

Homer. *Odyssey*. Translated by Richmond Lattimore. New York: HarperCollins, 2007.

Homère. *Odyssée*. Traduction de Leconte de Lisle. Paris: Pocket, 1998.

Horace. *Satires, Epistles, and Ars Poetica*. Translated by H. R. Fairclough. Cambridge, Massachusetts: Harvard University Press, 1929.

Horace. *The Complete Odes and Epodes*. Translated by David West. Oxford: Oxford University Press, 2008.

Kant, Immanuel. *An Answer to the Question: 'What Is Enlightenment?'* Translated by H. B. Nisbet. London: Penguin, 2009.

Lamartine, Alphonse de. *Œuvres poétiques complètes*. Édition de Marius-François Guyard. Paris: Gallimard, 1963.

Langland, William. *Piers Plowman*. Translated by A. V. C. Schmidt. Oxford: Oxford University Press, 2009.

Leopardi, Giacomo. *Canti*. A cura di Giorgio Ficara. Milano: Mondadori Libri S.p.A., 1987.

Leopardi, Giacomo. *Zibaldone*. Edited by Michael Caesar and Franco D'Intino. Translated by Kathleen Baldwin, Richard Dixon, David Gibbons, Ann Goldstein, Gerard Slowey, Martin Thom, and Pamela Williams. New York: Farrar, Straus and Giroux, 2015.

Mansfield, Katherine. *Selected Stories*. Edited with an introduction and notes by Angela Smith. Oxford: Oxford University Press, 2008.

Matyszak, Philip. *The Greek and Roman Myths: A Guide to the Classical Stories*. London: Thames & Hudson, 2010.

Pope, Alexander. *The Major Works*. Edited with an introduction and notes by Pat Rogers. Oxford: Oxford University Press, 2006.

Rossetti, Dante Gabriel. *Collected Poetry and Prose*. Edited by Jerome McGann. New Haven: Yale University Press, 2003.

Shakespeare, William. *The Complete Sonnets and Poems*. Edited by Colin Burrow. Oxford: Oxford University Press, 2002.

Zöllner, Frank, and Johannes Nathan. *Leonardo. The Complete Paintings and Drawings*. Köln: Taschen, 2019.

芭蕉, 松尾. 芭蕉文集. 富山奏校注. 東京：新潮社, 1978.

著者略歴

伯井誠司（はくい・せいじ）

1986 年生まれ、東京都出身。本著が処女詩集。

ソネット集

附 訳詩集

著者

伯井誠司

発行者

小田久郎

発行所

株式会社思潮社

〒 162-0842　東京都新宿区市谷砂土原町 3-15

電話　03（5805）7501（営業）

03（3267）8141（編集）

印刷・製本所

創栄図書印刷株式会社

発行日

2022 年 6 月 30 日